U0894696

孙伏园　著

# 伏園游記

蔡元培

金城出版社
GOLD WALL PRESS

图书在版编目（CIP）数据

伏园游记 / 孙伏园著 . —北京：金城出版社，2018.11
ISBN 978-7-5155-1740-7

Ⅰ . ①伏… Ⅱ . ①孙… Ⅲ . ①游记—作品集—中国—现代
Ⅳ . ① I266.4

中国版本图书馆 CIP 数据核（2018）第 217459 号

**伏园游记**

作　　者　孙伏园
责任编辑　雷燕青
开　　本　710 毫米 ×1000 毫米　1/32
印　　张　8.125
字　　数　100 千字
版　　次　2018 年 11 月第 1 版
印　　次　2018 年 11 月第 1 次印刷
印　　刷　三河市百盛印装有限公司
书　　号　ISBN 978-7-5155-1740-7
定　　价　49.80 元

出版发行　金城出版社　北京市朝阳区利泽东二路 3 号　100102
发 行 部　(010)84254364
编 辑 部　(010)64210080
总 编 室　(010)64228516
网　　址　http://www.jccb.com.cn
电子邮箱　jinchengchuban@163.com
法律顾问　北京市安理律师事务所　18911105819

# 自 序

如果不是李小峰先生替我收集起来，这四篇游记连我自己也许不会再看的了。第一篇登在一九二〇年的晨报第七版，那时第七版还不曾独立成为副刊哩。第二篇一九二二年，第三篇一九二四年，第四篇一九二五年，前两篇登在晨报副刊上，后一篇登在京报副刊上。那几种刊物都是我自己担任编辑的，信手写来，信手发去，原不想再看第二回，谁曾料到小峰先生有这样的好意呢。好意当然可感，而这四篇游记委实不行。一旦印出书来，只能证明我的浅薄不自今日为然。此后，也许会有比较整段的功夫，可以静默的观察，可以细微的研究，并且希望游历的时间与空间愈加扩大，那么，记叙的文字或者也可因而略工罢。

伏园

一九二六年五月，在上海

# 目　录

# 南行杂记

# I.

## 到家了.

九月六日的旁晚,我坐在飛也似的京奉車中,向著正陽門疾馳而來,心中不期然而然的得到一個感覺,是"到家了." 這是從前杜威先生一家由福建講演回來時,三個人不約而同的感到過的. 但我相信我並不受他們一毫影響.

北京有什麼值得令人牽記? 這個問題用理性解剖起來,我實在也沒有話說. 不過我一看見這四十天沒有看見的北京,總覺得比初到紹興時看見四年來沒有看見的母親還要親暱,那麼"到家了"這個感想,不發生在紹興輪船將到西郭門的時候,却發生在京

I.

# 到家了

九月六日的旁[1]晚，我坐在飞也似的京奉车中，向着正阳门疾驰而来，心中不期然而然的得到一个感觉，是“到家了。”这是从前杜威先生一家由福建讲演回来时，三个人不约而同的感到过的。但我相信我并不受他们一毫影响。

北京有什么值得令人牵记？这个问题用理性解剖起来，我实在也没有话说。不过我一看见这四十天没有看见的北京，总觉得比初到绍兴时看见四年来没有看见的母亲还要亲昵，那么“到家了”这个感想，不发生在绍兴轮船将到西郭门的时候，却发

[1] 古同“傍”，靠。

奉火車將到正陽門的時候,似乎也同出一源的了.

我在正陽門一下車來,看見樣樣東西都是我所願意看見的,即如拉車的兜客,似乎也比紹興的"少爺! 坐得我個(的)車則(子)起(去)者唧(了罷)!" 好聽得多多。 這個理由連一句話也講不出;若要勉強說起來,或者可以舉一個象徵。 北京是一株極大的枯樹,下面長出一支嫩綠的新芽;而我此次經過的各處,紹興自然更甚,却全是一蓬亂草,要整理也無從下手. 或者因這一點不同,我便發生"到家了"的感想.

我是不承認生長的地方爲家,也不承認久居的地方爲家的. 所以我覺得這次的旅行不可以稱南歸. 我的回去是母親重病把我叫去的,迨回京時我母親的病還沒有全好,所以旅行時總提心弔膽,覺得背上負著一擔重担,與平常沒有其他目的的純粹旅行不同,所以我又以爲這次的旅行不可以稱南遊. 自己既有其他目的,那末一切路上的觀察和感想,難免受這個目的的影響,這是我自己也生在京奉火车将到正阳门的时候，似乎也同出一源的了。

我在正阳门一下车来，看见样样东西都是我所愿意看见的，即如拉车的兜客，似乎也比绍兴的“少爷！坐得我个（的）车则（子）起（去）者唧（了罢）！”好听得多多。这个理由连一句话也讲不出；若要勉强说起来，或者可以举一个象征。北京是一株极大的枯树，下面长出一支嫩绿的新芽；而我此次经过的各处，绍兴自然更甚，却全是一蓬乱草，要整理也无从下手。或者因这一点不同，我便发生“到家了”的感想。

我是不承认生长的地方为家，也不承认久居的地方为家的。所以我觉得这次的旅行不可以称南归。我的回去是母亲重病把我叫去的，追回京时我母亲的病还没有全好，所以旅行时总提心吊胆，觉得背上负着一担重担，与平常没有其他目的的纯粹旅行不同，所以我又以为这次的旅行不可以称南游。自己既有其他目的，那末一切路上的观察和感想，难免受这个目的的影响，这是我知道的,但因爲保存他的本色,有許多地方索性照著感想時錄出,並沒有修改,因此文中側重感情的話或者更多了。

我不出京門一步既四年了,所以滿想借此旅行找點材料,但後來,坐在京奉車上,經驗便告訴我一切都未必成功。原來旅行之所以可貴,全仗有健全的身體,健全的精神,尤當有客觀的態度。像我這一次的樣子,這三個條件連一個也沒有具備,所以自己也覺得完全給這許多材料戰敗了。酒量窄的人,容易酒醉;久餓的人,據說又容易飯醉;現在知道能力薄弱的人,一旦感受知識太多了,還會患一種知識醉。我實在受不起這麽多的知識,所以被知識灌醉了。我醉中時時想念著大社會學者,大人類學者和大詩人了。他們有那麽大的學問,因爲就近找不出材料,所以要跑到非洲去;我們呢,有了這許多材料,却沒有力量享用。

追感過"到家了"這個感想以後,又想從醉中追找一點可找的材料,把他記錄下來,總算不虛此一行,這結果就是下面幾篇小東西。

自己也知道的，但因为保存他的本色，有许多地方索性照着感想时录出，并没有修改，因此文中侧重感情的话或者更多了。

我不出京门一步既四年了，所以满想借此旅行找点材料，但后来，坐在京奉车上，经验便告诉我一切都未必成功。原来旅行之所以可贵，全仗有健全的身体，健全的精神，尤当有客观的态度。像我这一次的样子，这三个条件连一个也没有具备，所以自己也觉得完全给这许多材料战败了。酒量窄的人，容易酒醉；久饿的人，据说又容易饭醉；现在知道能力薄弱的人，一旦感受知识太多了，还会患一种知识醉。我实在受不起这么多的知识，所以被知识醺醉了。我醉中时时想念着大社会学者，大人类学者和大诗人了。他们有那么大的学问，因为就近找不出材料，所以要跑到非洲去；我们呢，有了这许多材料，却没有力量享用。

追感过“到家了”这个感想以后，又想从醉中追找一点可找的材料，把他记录下来，总算不虚此一行，这结果就是下面几篇小东西。

# II.

## 戰 氛

仲密先生寫信給我,每每談起山寺中的戰氛,使我發生一種感想,以爲不但山寺,凡屬人類足跡所至的地方——甚而至于凡有生物的地方——大概沒有不瀰漫著戰氛的罷.不過我不是詩人,因而我對于戰氛的見解也不與詩人一樣.我以爲戰氛瀰漫著太空,並不是悲慘的事情;好戰原是生物的本性,也是生物所以能進化的惟一原因.戰氛儘瀰漫著好了,——只要不殘殺同類.

生物中同類自相殘殺的很少,最厲害的莫如人了.我們做人類一分子的,應該用力消除這同類相殘的戰氛,並且爲生物本有的好戰性質找一個相當的對象.我以爲這對象便是自然.

詩人愛"自然",我不愛"自然".我以爲人與人應該相愛,人對於"自然"却是越嚴厲越好,越殘酷越好.我們應該羨慕"自然",嫉

## Ⅱ.
## 战 氛

仲密先生写信给我，每每谈起山寺中的战氛，使我发生一种感想，以为不但山寺，凡属人类足迹所至的地方——甚而至于凡有生物的地方——大概没有不弥漫着战氛的罢。不过我不是诗人，因而我对于战氛的见解也不与诗人一样。我以为战氛弥漫着太空，并不是悲惨的事情；好战原是生物的本性，也是生物所以能进化的惟一原因。战氛尽弥漫着好了，——只要不残杀同类。

生物中同类自相残杀的很少，最厉害的莫如人了。我们做人类一分子的，应该用力消除这同类相残的战氛，并且为生物本有的好战性质找一个相当的对象。我以为这对象便是自然。

诗人爱“自然”，我不爱“自然”。我以为人与人应该相爱，人对于“自然”却是越严厉越好，越残酷越好。我们应该羡慕“自然”，妒"自然",把"自然"捉來,一刀刀的切成片段,爲我們利用.

愛"自然"的朋友們:"自然"不是好愛的呵. 這回淮水南北的人們,可謂飽享了自然之賜了,幾千幾萬的兄弟,那怕你不願意的,也硬要你"與自然同化"了. 這是愛恤"自然"的報酬. 人不殺"自然","自然"便要殺人了,你知道嗎?

我用這個根本觀念做標準,去觀察評判這次經過各地的種種感受. 這標準就是:人與人的戰氛幾等於零,而人與自然的戰氛却達于最高度的,這是好的;反是,人與自然的戰氛幾等於零,而人與人的戰氛幾達於極高度的,便是壞的.

例如江北的人們,只知拔幾根"自然的汗毛"來蓋屋,對於自然可謂愛護極了. 但是據龔寶賢君對我說,這種草舍到第二年拆卸下來,腐草中盡是三寸來長的軟蟲,就此一端已經够可怕了. 倘使你很起心腸,去剝下"自然"的皮來蓋屋,三寸來長的軟蟲就不會光降了. "自然"還該愛護嗎?

嫉妒“自然”，把“自然”捉来，一刀刀的切成片段，为我们利用。

爱“自然”的朋友们：“自然”不是好爱的呵。这回淮水南北的人们，可谓饱享了自然之赐了，几千几万的兄弟，那怕你不愿意的，也硬要你“与自然同化”了。这是爱恤“自然”的报酬。人不杀“自然”，“自然”便要杀人了，你知道吗？

我用这个根本观念做标准，去观察评判这次经过各地的种种感受。这标准就是：人与人的战氛几等于零，而人与自然的战氛却达于最高度的，这是好的；反是，人与自然的战氛几等于零，而人与人的战氛几达于极高度的，便是坏的。

例如江北的人们，只知拔几根“自然的汗毛”来盖屋，对于自然可谓爱护极了。但是据龚宝贤君对我说，这种草舍到第二年拆卸下来，腐草中尽是三寸来长的软虫，就此一端已经够可怕了。倘使你很[1]起心肠，去剥下“自然”的皮来盖屋，三寸来长的软虫就不会光降了。“自然”还该爱护吗？

[1] 同“狠”。

這是江北人對於"自然"的和平態度;戰氛之薄,可謂幾等於零了。但是他們人人相互間的待遇又怎樣呢?我離開浦鎮的前一天晚上,一個慘痛的消息飛來了。

工廠裏工頭要荐一個私人入廠。廠中却正沒有位置。他一看只有揚州老五是個孤帮,還可以使點手段。但是當這江北一帶生計困迫的局面,要找工作何等爲難,諷他辭退是絕對沒有希望的了。他於是妙想天開,對廠中同道夥計四五人都暗地說好了,一待老五下工時候,有意同他尋釁,不問皂白,先把他打個半死不活,然後鑽出和事人來,給他抬到醫院。

夥計們遵命辦了。到醫院時,他們問他:

"你辭工嗎? 要辭工,我們可以給你代辭的。"

"不辭! 一辭沒有飯吃了,女人小孩子都要餓死了。"

"你自己性命都要沒有了,還要管女人小孩子!"

"我不辭! 我要問工頭…………"

这是江北人对于“自然”的和平态度；战氛之薄，可谓几等于零了。但是他们人人相互间的待遇又怎样呢？我离开浦镇的前一天晚上，一个惨痛的消息飞来了。

工厂里工头要荐一个私人入厂。厂中却正没有位置。他一看只有扬州老五是个孤帮，还可以使点手段。但是当这江北一带生计困迫的局面，要找工作何等为难，讽他辞退是绝对没有希望的了。他于是妙想天开，对厂中同道伙计四五人都暗地说好了，一待老五下工时候，有意同他寻衅，不问皂白，先把他打个半死不活，然后钻出和事人来，给他抬到医院。

伙计们遵命办了。到医院时，他们问他：

“你辞工吗？要辞工，我们可以给你代辞的。”

“不辞！一辞没有饭吃了，女人小孩子都要饿死了。”

“你自己性命都要没有了，还要管女人小孩子！”

“我不辞！我要问工头……”

夥計們一看沒有話可以同他講,大家都溜走了,一面且將私人叫來在廠中先行工作。數天以後,老五的傷痕漸漸好了,走出醫院來想與工頭理論前事。工頭老實對他說,"你難道吃了這個教訓還不够,一定要把兩顆眼珠斷送的嗎?"

老五記起兩月前一個工人被挖去眼珠的事,便只得忍着氣懶懶的走出。一切都完了。

這是他們人與人的相待!

凡是放棄"自然"不肯去殺戮的人,他的好殺的天性一定要找到同類的人來發洩。同類相殺的人恐怕一輩子只配住草屋的,因爲他們把愛人類的愛情誤愛了"自然",對於"自然"連掘一塊黄泥來燒瓦的殘忍心都沒有了。

天下惟至弱的人纔殺人,好漢應該殺自然!

伙计们一看没有话可以同他讲，大家都溜走了，一面且将私人叫来在厂中先行工作。数天以后，老五的伤痕渐渐好了，走出医院来想与工头理论前事。工头老实对他说，“你难道吃了这个教训还不够，一定要把两颗眼珠断送的吗？”

老五记起两月前一个工人被挖去眼珠的事，便只得忍着气懒懒的走出。一切都完了。

这是他们人与人的相待！

凡是放弃“自然”不肯去杀戮的人，他的好杀的天性一定要找到同类的人来发泄。同类相杀的人恐怕一辈子只配住草屋的，因为他们把爱人类的爱情误爱了“自然”，对于“自然”连掘一点黄泥来烧瓦的残忍心都没有了。

天下惟至弱的人才杀人，好汉应该杀自然！

# III.

## 大　水.

津浦路的固鎮,新橋,曹老集,蚌埠,門台子,臨淮關,板橋,明光等各站附近的一帶,今年鬧出了一場極大的笑話,無論如何不可不記的.這就是淮河的汛溢.

我在北京是七月三十日下午動身的,八月一日經過江蘇安徽境內,就看見有大水的痕跡:稻穗已經成熟了,只待人早晚便可收穫,水却把他淹沒了半截;低的地方,連成熟不成熟也看不出了,只露著幾片青葉,表示這水下面原來也是稻田.房屋,樹木,電桿,這時候都變了我的測水深淺的器具.啊!這邊二尺,那邊三尺,那裏還有幾乎半電桿的呢.可是這些東西誰也不來管領,只是懶洋洋讓他攤着.

這是我南行時的景象,是長江大水的遺痕.迨我回來,可就大不相同了.八月十六日我在紹興動身,經杭州而到上海.十八日

## Ⅲ.
# 大　水

津浦路的固镇，新桥，曹老集，蚌埠，门台子，临淮关，板桥，明光等各站附近的一带，今年闹出了一场极大的笑话，无论如何不可不记的。这就是淮河的汛溢。

我在北京是七月三十日下午动身的，八月一日经过江苏安徽境内，就看见有大水的痕迹：稻穗已经成熟了，只待人早晚便可收获，水却把他淹没了半茎；低的地方，连成熟不成熟也看不出了，只露着几片青叶，表示这水下面原来也是稻田。房屋，树木，电杆，这时候都变了我的测水深浅的器具。啊！这边二尺,那边三尺,那里还有几乎半电杆的呢。可是这些东西谁也不来管领,只是懒洋洋让他摊着。

这是我南行时的景象，是长江大水的遗痕。迨我回来，可就大不相同了。八月十六日我在绍兴动身，经杭州而到上海。十八日离上海，而十九日上離上海,而十九日上海便大遭颶風之災了.從此風呀,雨呀,長江的大水呀,把我緊緊的困在浦鎮者共十三日.長江沿岸雨量本多,益以八九月正是雨季,我在浦鎮十三天,足跡不能下樓梯一步,簡直可說是悄悄的伴了十三天的風雨.本地人不論男婦老幼,誰也捲起褲腿,在水深二尺的街道上徒涉.

我初得津浦車被淮水沖斷的消息,便跑去問車站幾時可以修好,他說照例一天修好的也有,三四天修好的也有.待一等十三天而沒有開車,我似乎心中起了一種感觸,以為就算天下至愚的人,也沒有候車十三天而不想改走他道的.我於是打定主意,無論天晴天雨,一定在九月二日動身.路呢?到北京的本有三條.從朋友的勸告,京漢路防受戰事影響,北洋輪船防有大風,最安全的莫如仍走津浦路.九月二日早上,我的理想中的雖斷猶連的津浦路旅行便開始了.津浦車南段只能到臨淮關,北段只能到固鎮,這是我所知道的.中間沖壞的一段,我知道他的軌道還在,即使步行也要走到固鎮.

海便大遭飓风之灾了。从此风呀，雨呀，长江的大水呀，把我紧紧的困在浦镇者共十三日。长江沿岸雨量本多，益以八九月正是雨季，我在浦镇十三天，足迹不能下楼梯一步，简直可说是悄悄的伴了十三天的风雨。本地人不论男妇老幼，谁也卷起裤腿，在水深二尺的街道上徒涉。

我初得津浦车被淮水冲断的消息，便跑去问车站几时可以修好，他说照例一天修好的也有，三四天修好的也有。待一等十三天而没有开车，我似乎心中起了一种感触，以为就算天下至愚的人，也没有候车十三天而不想改走他道的。我于是打定主意，无论天晴天雨，一定在九月二日动身。路呢？到北京的本有三条。从朋友的劝告，京汉路防受战事影响，北洋轮船防有大风，最安全的莫如仍走津浦路。九月二日早上，我的理想中的虽断犹连的津浦路旅行便开始了。津浦车南段只能到临淮关，北段只能到固镇，这是我所知道的。中间冲坏的一段，我知道他的轨道还在，即使步行也要走到固镇。

臨淮關將到了。呵,車旁兩面,白茫茫的,是大海嗎?那我們坐的是輪船了,又何以走的這麼慢呢?這時候我一生的經歷樣樣都想出來了,當中忽然引起了我一個記憶,彷彿這種情形已經是經過一回了的。呵,這原是那年冬季旅行時京漢道上的大雪。一片無風浪的水面上邊映著滿天的白雲,這景象與大雪時可謂毫無兩樣了。

臨淮車站四旁,除了少數高地及鐵路軌道以外,盡是一片汪洋。站長的老太太對我說,這一塊是從前的豆田,現在化為大海了;那一塊是去年的高粱地,收成很好,現在也化為大海了。我一到臨淮,本想即刻雇民船上蚌埠的。站長說,"這裡到蚌埠,相隔僅兩個小站,鐵路一二十分鐘可達。民船非不可雇,不過極危險。遇逆風時,竟能慢至六七點鐘,代價至少也要八元或十元。好在津浦路後天能通了,你不如暫住臨淮兩日。但是,我知道臨淮幾個客棧都住滿了。地下房不必說,早已是半層的水;樓房能租人的,每晚至少十元一榻,但已經沒有隙地;就近的醫院,也已住得临淮关将到了。呵，车旁两面，白茫茫的，是大海吗？那我们坐的是轮船了，又何以走的这么慢呢？这时候我一生的经历样样都想出来了，当中忽然引起了我一个记忆，仿佛这种情形已经是经过一回了的。呵，这原是那年冬季旅行时京汉道上的大雪。一片无风浪的水面上边映着满天的白云，这景象与大雪时可谓毫无两样了。

临淮车站四旁，除了少数高地及铁路轨道以外，尽是一片汪洋。站长的老太太对我说，这一块是从前的豆田，现在化为大海了，那一块是去年的高粱地，收成很好，现在也化为大海了。我一到临淮，本想即刻雇民船上蚌埠的。站长说，“这里到蚌埠，相隔仅两个小站，铁路一二十分钟可达。民船非不可雇，不过极危险。遇逆风时，竟能慢至六七点钟，代价至少也要八元或十元。好在津浦路后天能通了，你不如暂住临淮两日。但是，我知道临淮几个客栈都住满了。地下房不必说，早已是半屋的水；楼房能租人的，每晚至少十元一榻，但已经没有隙地；就近的医院，也已住得很擁擠."他硬留我在他車站暫住,我也只得住下了.

總工程師拍來電報,九月四日可以通車,不過乘客到門台子須步行一段,約計半里,行李則叫浦口車務所派三四十人到地搬運.北行車開到門台子,由北段派空車來接,南行車則叫南段也照樣辦理.這是初二三的消息.初四早晨,消息又變了.乘客不必下車,門台子危險的一段軌道,上面放著空車數十輛,北行車開到門台子,與空車相接,北來的空車也與軌道上的空車相接,乘客行李等等,只須全在空車中行走,這樣便省事多了.但一到下午,方針又變,車到門台子,將車頭移到車尾,慢慢的把列車向前推去,推過危險地點,再由北段預備的一個車頭把列車接去.如此車頭斤量較重,可不經過危險地點,而乘客與行李,均可不廢搬運的麻煩了.

門台子到了,一切都照計畫實行.軌道兩旁的大水,自然比臨淮更甚.水深浪大,助之以風.軌道震動,上及車身.道旁爲風浪冲壞之處,全用車站附近的石牆拆來填補.

很拥挤。”他硬留我在他车站暂住，我也只得住下了。

总工程师拍来电报，九月四日可以通车，不过乘客到门台子须步行一段，约计半里，行李则叫浦口事务所派三四十人到地搬运。北行车开到门台子，由北段派空车来接，南行车则叫南段也照样办理。这是初二三的消息。初四早晨，消息又变了。乘客不必下车，门台子危险的一段轨道，上面放着空车数十辆，北行车开到门台子，与空车相接，北来的空车也与轨道上的空车相接，乘客行李等等，只须全在空车中行走，这样便省事多了。但一到下午，方针又变，车到门台子，将车头移到车尾，慢慢的把列车向前推去，推过危险地点，再由北段预备的一个车头把列车接去。如此车头斤量较重，可不经过危险地点，而乘客与行李，均可不费搬运的麻烦了。

门台子到了，一切都照计划实行。轨道两旁的大水，自然比临淮更甚。水深浪大，助之以风。轨道震动，上及车身。道旁为风浪冲坏之处，全用车站附近的石墙拆来填补。车行之慢，几乎不及人的車行之慢,幾乎不及人的步行。乘客都懍懍然,甚至不敢出聲。如此四五十分鐘,難關度過,這纔到了蚌埠。蚌埠以北,本來是第一次冲壞的,現在早已修復,沒有什麼危險了。

如此一場大水,我所以當他一個大笑話看,不用說,因爲這完全是由人自己招來的。我們只要看成災以後,那班人的態度,便可知道他們對於生命的不以爲意了。安徽實業廳派了一個人到各屬來調查實業,據他說,他路經臨淮時候,見有一所大屋,頂上站著七八人。水離屋頂僅三四尺了。他對他們說:

"我船中只有一主一僕,空著呢,你們可以到我們船中來。"

"不要下來,站在這里不打緊的。"

"爲什麼不要下來?"

"屋内都是家具,水退了恐被別人拿去。"

"水還要漲呢。性命都快不保,怎麼還管家具?"

"不!已經問過神明,水快要退了。"

兩天以後,船再經過這個地方,屋子也沒有了,人也不知去向了。淮水下流,五六個七步行。乘客都懔懔然，甚至不敢出声。如此四五十分钟，难关度过，这才到了蚌埠。蚌埠以北，本来是第一次冲坏的，现在早已修复，没有什么危险了。

如此一场大水，我所以当他一个大笑话看，不用说，因为这完全是由人自己招来的。我们只要看成灾以后，那班人的态度，便可知道他们对于生命的不以为意了。安徽实业厅派了一个人到各属来调查实业。据他说，他路经临淮时候，见有一所大屋，顶上站着七八人。水离屋顶仅三四尺了。他对他们说：

“我船中只有一主一仆，空着呢，你们可以到我们船中来。”

“不要下来，站在这里不打紧的。”

“为什么不要下来？”

“屋内都是家具，水退了恐被别人拿去。”

“水还要涨呢。性命都快不保，怎么还管家具？”

“不！已经问过神明，水快要退了。”

两天以后，船再经过这个地方，屋子也没有了，人也不知去向了。淮水下流，五六个七八个用汗巾八個用汗巾或褲帶幫著的死屍,是常常看見浮過的。他們說,這是因爲一家人寧願死在一起,不願離散。那屋頂上的七八位,料想後來也變作七八隻蝦蟆模樣的一串,浮出淮水漂到東海去了。

這是他們對於生命的見解。

除了這些人以外,那向著自然掙扎,正如大水中的草木的,自然也還有不少——或在船中生活着,或在高地上搭起草舍來生活着那掙扎不過的,便和掙扎不過的草木一樣,俯首往死亡的路裏去了。

遇見天災,人也會和草木一樣的掙扎,我看了覺得有生之物對於生命都具同樣的熱誠。但我所不滿意的,人之所以異於草木鳥獸,是在他對於自然,除肉體以外還能用精神掙扎,除自己以外,還能爲他人掙扎。大水來了,大家各自逃命,非但同種族同鄉村的人可以掉頭不顧,就是父母兄弟妻子也可以頃刻離散,掙扎能否得到美滿的結果,看各人掙扎的力量,這與草木鳥獸有什麼區別。

我希望受災的人們,從此得到教訓,頂好

或裤带帮[1]着的死尸，是常常看见浮过的。他们说，这是因为一家人宁愿死在一起，不愿离散。那屋顶上的七八位，料想后来也变作七八只虾蟆模样的一串，浮出淮水漂到东海去了。

这是他们对于生命的见解。

除了这些人以外，那向着自然挣扎，正如大水中的草木的，自然也还有不少——或在船中生活着，或在高地上搭起草舍来生活着；那挣扎不过的，便和挣扎不过的草木一样，俯首往死亡的路里去了。

遇见天灾，人也会和草木一样的挣扎，我看了觉得有生之物对于生命都具同样的热诚。但我所不满意的，人之所以异于草木鸟兽，是在他对于自然，除肉体以外，还能用精神挣扎，除自己以外，还能为他人挣扎。大水来了，大家各自逃命，非但同种族同乡村的人可以掉头不顾，就是父母兄弟妻子也可以顷刻离散，挣扎能否得到美满的结果，看各人挣扎的力量，这与草木鸟兽有什么区别。

我希望受灾的人们，从此得到教训，顶好先同

[1] 疑为“绑”。

先同心合力的設法防堵。天災沒有不可以用人力預防的。我試問:自以爲有一點兒文明的人所居的地方,是不是應該讓河流永久無邊的?地球上沒有人類的時候,水自然放膽流着好了。但人有人的能力,能把河流引入一條規定的道路,使他不向外面泛濫。現在中國的大河,其流法還是甚古,水勢大時江面也加大,小時江面也減小,這種樣子,如何能保得住沿江居住者的安全呢?我希望大家趕緊拿出自己的精神來,在未成災時盡力預防;還拿出對於他人的同情來,在成災以後盡力救濟。倘不管這些,只知大難來時各自逃命,那麼天災將未有已時,而人類將永爲自然的俘虜了。

心合力的设法防堵。天灾没有不可以用人力预防的。我试问：自以为有一点儿文明的人所居的地方，是不是应该让河流永久无边的？地球上没有人类的时候，水自然放胆流着好了。但人有人的能力，能把河流引入一条规定的道路，使他不向外面泛滥。现在中国的大河，其流法还是甚古，水势大时江面也加大，小时江面也减小，这种样子，如何能保得住沿江居住者的安全呢？我希望大家赶紧拿出自己的精神来，在未成灾时尽力预防；还拿出对于他人的同情来，在成灾以后尽力救济。倘不管这些，只知大难来时各自逃命，那么天灾将未有已时，而人类将永为自然的俘虏了。

# IV.

## 津浦車中一個女孩子.

南行的津浦車上,我的坐位的近鄰,坐著一對男女,從他們的舉動推斷起來確是夫婦,但年紀的相差似乎太甚了. 男的和我談話,一問而知爲天津的商人,挈眷回廣東去的;那女的不過二十歲上下,穿著粉紅色的衣服,粉藍色的褲子,不繫裙,並且脫下男人式的皮鞋,把兩脚擱在對面凳上,似乎顯出十分廣東人的神色. 遠遠的相隔兩三比坐椅,還坐著一個十一二歲模樣的女孩子,戚戚的面色,看著那一對男女,似外人,又似自家人. 是外人嗎,彷彿中間有一條無形的綫牽著;是自家人嗎,却又比外人還著實恐懼,而恐懼中又含著幾分憎惡. 兩夫婦吃麵包了,那男的也客客氣氣的遞給我一個,我婉辭了,然後他轉去凶很很的遞給那女孩子一個. 我看出他這凶很很的神色,只是裝給他的女人看,我遂明白這三個人的關係是怎樣了.

## Ⅳ.

## 津浦车中一个女孩子

南行的津浦车上，我的坐位的近邻，坐着一对男女，从他们的举动推断起来确是夫妇，但年纪的相差似乎太甚了。男的和我谈话，一问而知为天津的商人，挈眷回广东去的；那女的不过二十岁上下，穿着粉红色的衣服，粉蓝色的裤子，不系裙，并且脱下男人式的皮鞋，把两脚搁在对面凳上，似乎显出十分广东人的神色。远远的相隔两三比坐椅，还坐着一个十一二岁模样的女孩子，戚戚的面色，看着那一对男女，似外人，又似自家人。是外人吗，仿佛中间有一条无形的线牵着；是自家人吗，却又比外人还着实恐惧，而恐惧中又含着几分憎恶。两夫妇吃面包了，那男的也客客气的递给我一个，我婉辞了，然后他转去凶很很的递给那女孩子一个。我看出他这凶很很的神色，只是装给他的女人看，我遂明白这三个人的关系是怎样了。

晚上九十點鐘時分,女孩子早已毫無掛牽的,安然的獨據一個椅子睡了,這時候兩夫婦也全不理會。那男人的勇氣雖然也能跳下車去買點零星食物來供兩夫婦共吃,但要抛開了這婦人,或說妥了這婦人,分出一點功夫來去愛那本性要愛的孩子,據我看來,却是夢想不到的事。他雖然也間或偷眼去望那孩子是否招冷,但也並不拿點東西給伊去蓋,一直懶懶的在"父性的愛"與"夫性的愛"的歧路上睡到天明。

次日午間,車將到浦口了,各人都整理自己的身面。這小孩子也受著男人的命令,叫伊自己梳過髮辮。伊輕輕的走到他們身邊,用著大力從椅子下面拖出一隻笨重的皮箱來,從箱內取出梳子和刷子,悄悄的自己梳刷,一直到自己打好髮辮,將梳子和刷子再向皮箱中藏好。這時候男人固然不慣這種梳沐的事,只能在旁呆看,那女的也不但毫不援手,反用惡眼斜看伊,冷臉嗤笑伊。同車的許多旁人呢,談天的也靜止了,瞌睡的也醒悋了,只是張大了眼睛,陡起了精神,注視這三個人的晚上九十点钟时分，女孩子早已毫无挂牵的，安然的独据一个椅子睡了，这时候两夫妇也全不理会。那男人的勇气，虽然也能跳下车去买点零星食物来供两夫妇共吃，但要抛开了这妇人，或说妥了这妇人，分出一点功夫来去爱那本性要爱的孩子，据我看来，却是梦想不到的事。他虽然也间或偷眼去望那孩子是否招冷，但也并不拿点东西给伊去盖，一直懒懒的在“父性的爱”与“夫性的爱”的歧路上睡到天明。

次日午间，车将到浦口了，各人都整理自己的身面。这小孩子也受着男人的命令，叫伊自己梳过发辫。伊轻轻的走到他们身边，用着大力从椅子下面拖出一只笨重的皮箱来，从箱内取出梳子和刷子，悄悄的自己梳刷，一直到自己打好发辫，将梳子和刷子再向皮箱中藏好。这时候男人固然不惯这种梳沐的事，只能在旁呆看，那女的也不但毫不援手，反用恶眼斜看伊，冷脸嗤笑伊。同车的许多旁人呢，谈天的也静止了，瞌睡的也醒松了，只是张大了眼睛，陡起了精神，注视这三个人的一角。我从他们一角。我從他們眼光裏,看出他們的腦子也不絕的在那里工作;我癡癡的想,要是此刻沒有機輪轉動的聲音,我們一定能夠聽出各人思想轉動的聲音了。

這女人極寡言笑,即不是對於孩子,他永遠板着面孔。伊的丈夫因爲他們的茶壺裏沒有茶了,拿着杯子到我這邊來倒了兩杯,一杯他自己喝,一杯給他的妻子。伊喝時顯出一種神氣,不是感謝丈夫給伊倒茶,也不是對於給他們茶者有所表示,却依舊板著面孔,帶點憤恨的樣子,彷彿說,爲什麼我們自己沒茶,却要去喝人家的?我看出了一部分伊的性質,推想伊對於孩子,並不增加多量的仇視的感情,因爲伊對於一切都仇視,這是有別的心理上的原因的。

有這一種性質的人,做了後母,自然容易顯出十分後母的彩色。但我以爲前妻所生的子女,對於後母算不算是子女,實在是一個問題。他們雖然是伊的丈夫的子女,但也是伊的情敵的子女,並且決不是伊自己的子女。既不是伊自己的子女,叫伊從什麼地方愛起眼光里，看出他们的脑子也不绝的在那里工作；我痴痴的想，要是此刻没有机轮转动的声音，我们一定能够听出各人思想转动的声音了。

这女人极寡言笑，即不是对于孩子，他永远板着面孔。伊的丈夫因为他们的茶壶里没有茶了，拿着杯子到我这边来倒了两杯，一杯他自己喝，一杯给他的妻子。伊喝时显出一种神气，不是感谢丈夫给伊倒茶，也不是对于给他们茶者有所表示，却依旧板着面孔，带点愤恨的样子，仿佛说，为什么我们自己没茶，却要去喝人家的？我看出了一部分伊的性质，推想伊对于孩子，并不增加多量的仇视的感情，因为伊对于一切都仇视，这是有别的心理上的原因的。

有这一种性质的人，做了后母，自然容易显出十分后母的彩色。但我以为前妻所生的子女，对于后母算不算是子女，实在是一个问题。他们虽然是伊的丈夫的子女，但也是伊的情敌的子女，并且决不是伊自己的子女。既不是伊自己的子女，叫伊从什么地方爱起呢？母亲对于子女，自然有伊的世间呢？母親對於子女自然有伊的世間最大的母親的愛；平常女人對於平常孩子，自然也有他們的廣泛的母性的愛；但這都非所論於後母對於前妻的孩子。要伊用母親的愛嗎？他們並不是伊的孩子。要伊用母性的愛嗎？名義上他們却是伊的孩子，又不能用普通母性的愛來愛他們。在這個難題上，再參和一點後妻對於前妻的妒的分子（前妻雖然死了，後妻對於伊的妒心是事實上常有的），於是乎後母對於前妻孩子的態度造成了。

所以我說，要是世界上有一種承認人們可以再婚的制度，同時必須有一種規定兒童公育的制度。倘像現制度的模樣，人必可以問，制度將何以處前妻或前夫的孩子？

最大的母亲的爱；平常女人对于平常孩子，自然也有他们的广泛的母性的爱；但这都非所论于后母对于前妻的孩子。要伊用母亲的爱吗？他们并不是伊的孩子。要伊用母性的爱吗？名义上他们却是伊的孩子，又不能用普通母性的爱来爱他们。在这个难题上，再参和一点后妻对于前妻的妒的分子（前妻虽然死了，后妻对于伊的妒心是事实上常有的），于是乎后母对于前妻孩子的态度造成了。

所以我说，要是世界上有一种承认人们可以再婚的制度，同时必须有一种规定儿童公育的制度。倘像现制度的模样，人必可以问，制度将何以处前妻或前夫的孩子？

## V.

# 故鄉給我的印象

同鄉許欽文君解說懷鄉心的話很妙。他說大概幾十年的老出門者,還有吃不便,用不便,聽不便,說不便等故障,而出門時一定非帶乾菜火腿做路菜不可的,這種人的懷鄉心一定極濃厚。我是向來不喜歡帶火腿乾菜出門的,懷鄉心之薄,照他說來也是當然的了。

我對於故鄉,雖沒有濃厚的感情去懷念他,却也並不想用憤怒的感情去憎惡他,正如不想憎惡任何地方一樣。但覺得他對於我也未免太薄待了:爲什麼沒有一點兒好的印象給我?

現在我把這次他給我的印象拉雜的算起總帳來罷。

我母親患的是半身不遂的病,我一到家以後,就主張趕緊看西醫。親戚們一個說,西醫嗎,某人也是同樣的毛病,後來給西醫醫死了。又一個說,某人本來做染匠的,後來在西

## V.
# 故乡给我的印象

同乡许钦文君解说怀乡心的话很妙。他说大概几十年的老出门者，还有吃不便，用不便，听不便，说不便等故障，而出门时一定非带干菜火腿做路菜不可的，这种人的怀乡心一定极浓厚。我是向来不喜欢带火腿干菜出门的,怀乡心之薄,照他说来也是当然的了。

我对于故乡，虽没有浓厚的感情去怀念他，却也并不想用愤怒的感情去憎恶他，正如不想憎恶任何地方一样。但觉得他对于我也未免太薄待了：为什么没有一点儿好的印象给我?

现在我把这次他给我的印象拉杂的算起总帐来罢。

我母亲患的是半身不遂的病，我一到家以后，就主张赶紧看西医。亲戚们一个说，西医吗，某人也是同样的毛病，后来给西医医死了。又一个说，某人本来做染匠的，后来在西医身边跟了两年，现醫身邊跟了兩年,現在也做西醫了,西醫在這里是沒有人看得起的。他們都想了種種文不對題的話來抵禦我。雖然後來我用病人兒子的資格,總算竭力的把他們說服,但我從此知道鄉人對於生命,雖也不是不知道保護,但還濕耤著習慣與成見,甘心向死路裏撞去,和科學相去還很遠呢。還有那等而下之的人們,忽而送仙丹來了,忽而送神藥來了,忽而有人主張算命了,忽而有人主張念佛了,這些東西雖然不像毒藥一般的就立刻會把人殺死,但只消略一服從他們的好意,也已夠得我們病人和侍病的人頭昏目眩了。你拒絕他們嗎?他們眞眞是出於好意。你也用好意開導他們嗎?那裏來這許多的功夫。沒奈何盡我的力量有形的無形的破壞,打定主意無論能破壞多少都是好的。

五年前我將要離開故鄉的時候,城裏一個老嶽廟忽然遭了火災。人們都放大膽子說:這怕什麽呢?神明不要住舊屋,有意把他燒了,可以換新廟。這倒確是實情,我目見一二禮拜以後,認捐者的芳名,已在廟前牌上揭在也做西医了，西医在这里是没有人看得起的。他们都想了种种文不对题的话来抵御我。虽然后来我用病人儿子的资格，总算竭力的把他们说服，但我从此知道乡人对于生命，虽也不是不知道保护，但还凭借着习惯与成见，甘心向死路里撞去，和科学相去还很远呢。还有那等而下之的人们，忽而送仙丹来了，忽而送神药来了，忽而有人主张算命了，忽而有人主张念佛了，这些东西虽然不像毒药一般的就立刻会把人杀死，但只消略一服从他们的好意，也已够得我们病人和侍病的人头昏目眩了。你拒绝他们吗？他们真真是出于好意。你也用好意开导他们吗？那里来这许多的功夫。没奈何尽我的力量有形的无形的破坏，打定主意无论能破坏多少都是好的。

五年前我将要离开故乡的时候，城里一个老岳庙忽然遭了火灾。人们都放大胆子说：这怕什么呢？神明不要住旧屋，有意把他烧了，可以换新庙。这倒确是实情，我目见一二礼拜以后，认捐者的芳名，已在庙前牌上揭布了一大篇，单是捐助门槛的布了一大篇,單是捐助門檻的便有三位無名的太太.鄉俗,婦人再婚者,幾乎不齒於人類.社會上的悠悠之口,已經夠得他們不能出頭,而此外還有無形的苦痛,便是恐怕將來死後下地獄.消除後一個苦痛的惟一方法,就是待修廟時去捐助門檻.老嶽廟遭了火災,當然是那班內省多疚的太太們希求超度的大好機會,所以捐大殿門檻者竟有三人之多,——但這也不消說,誰肯將眞姓名宣布出來呢?所以變做無名的太太了.果然,我這次回去,老嶽廟早已美輪美奐,並且香煙繚繞了.

我想,人有一種瞻顧將來的天性,婦人們尤甚,這是從生物遺傳下來專爲保護後嗣用的.育嬰院的建立呀,學校的種種制度呀,教科書的編纂呀,玩具的製造呀,以及一切精粗大小的各種對於兒童的設備,無不是這一種天性的應用.但一走錯路,把所謂將來者不看作自己的子孫,却看作本身的來世,那麼什麼事體都隨著糟了.我到故鄉以後,看見老嶽廟之煥然一新,而學校之愈形腐敗,不禁起這一種感想,以爲前途一毫也沒有希望.他便有三位无名的太太。乡俗，妇人再婚者，几乎不齿于人类。社会上的悠悠之口，已经够得他们不能出头，而此外还有无形的苦痛，便是恐怕将来死后下地狱。消除后一个苦痛的惟一方法，就是待修庙时去捐助门槛。老岳庙遭了火灾，当然是那班内省多疚的太太们希求超度的大好机会，所以捐大殿门槛者竟有三人之多，——但这也不消说，谁肯将真姓名宣布出来呢？所以变做无名的太太了。果然，我这次回去，老岳庙早已美轮美奂，并且香烟缭绕了。

我想，人有一种瞻顾将来的天性，妇人们尤甚，这是从生物遗传下来专为保护后嗣用的。育婴院的建立呀，学校的种种制度呀，教科书的编纂呀，玩具的制造呀，以及一切精粗大小的各种对于儿童的设备，无不是这一种天性的应用。但一走错路，把所谓将来者不看作自己的子孙，却看作本身的来世，那么什么事体都随着糟了。我到故乡以后，看见老岳庙之焕然一新，而学校之愈形腐败，不禁起这一种感想，以为前途一毫也没有希望。他们还把将来們還把將來的眼光不放在看得見的活潑潑的兒童身上,却放在不可捉摸的死後的自己身上呢.

有這種統治於神權下的社會,無怪仙丹呀,神藥呀,不絕的蒙那班好意的人們送來了.我當初對於中醫,純是一腔的憤怒,以爲他們老是說什麽金木水火土咧,風寒咧,濕熱咧,捕風捉影的,聽了眞令人討厭,辨不出他們是醫生還是道士.後來一轉念,對於他們忽然起了一種同情,以爲實際上講來,中醫也正與西醫一樣,在這種社會裏同立於劣敗的地位.人們還相信吃仙丹,吃神藥,不必說西醫,就是中醫也還相離很遠呢.不過那班中醫,也自有他們可恨的地方.他們對於這神權社會中的病家,非但不想鼓吹他們那半道士式的醫術的萬能,有時簡直順水推船,把自己的半道士式的醫術也根本否認了.我從前,不是這回,聽見過一個醫生的高論;他因爲醫了不見效,便對病家說,"照脈象看來,他(病人)早已沒有病了.這一定是有陰人,你們趕緊安頓的眼光不放在看得见的活泼泼的儿童身上，却放在不可捉摸的死后的自己身上呢。

* * * *

有这种统治于神权下的社会，无怪仙丹呀，神药呀，不绝的蒙那班好意的人们送来了。我当初对于中医，纯是一腔的愤怒，以为他们老是说什么金木水火土咧，风寒咧，湿热咧，捕风捉影的，听了真令人讨厌，辨不出他们是医生还是道士。后来一转念，对于他们忽然起了一种同情，以为实际上讲来，中医也正与西医一样，在这种社会里同立于劣败的地位。人们还相信吃仙丹，吃神药，不必说西医，就是中医也还相离很远呢。不过那班中医，也自有他们可恨的地方。他们对于这神权社会中的病家，非但不想鼓吹他们那半道士式的医术的万能，有时简直顺水推船，把自己的半道士式的医术也根本否认了。我从前，不是这回，听见过一个医生的高论；他因为医了不见效，便对病家说，“照脉象看来，他（病人）早已没有病了。这一定是有阴人，你们赶紧安顿罢。也许罷．也許是他（病人）走路不小心，衝撞了他們（陰人），所以跟到家裏來討賠的．”這明明是說世界上不應該有醫生的存在，却只准有鬼的存在，可謂是够丟盡醫生的臉了．但是那病家也真配聽這種高論，他們聽了心裏比吃冰還涼爽，以爲這眞是好醫生．在這種病家的眼光看來，這個醫生確比那種中醫的死忠臣，斤斤較量藥味應該如何包，如何煎，如何沖者著實高明．他們其實也不相信中醫，他們以爲這樣斤斤較量倒是虛僞，難免要醫死病人．

所以神方，中醫，西醫，三個階級，你若要考查他們對於那一個信仰最深，莫妙於反問他們那一個最容易把病人醫死．他們一定說，“西醫沒有一個醫好的，中醫次之，神方却是最靈驗，眞眞藥到病除的了．”看了這樣的社會習俗，自然對於半道士式的中醫，不免要起一點相對的同情了．

人家一定要問，這種社會裏的智識階級到那里去了，難道沒有一個報館輸送點智識給普通社會的嗎？我於是乎想起報館來了．

是他（病人）走路不小心，冲撞了他们（阴人），所以跟到家里来讨赔的。”这明明是说世界上不应该有医生的存在，却只准有鬼的存在，可谓足够丢尽医生的脸了。但是那病家也真配听这种高论，他们听了心里比吃冰还凉爽，以为这真是好医生。在这种病家的眼光看来，这个医生确比那种中医的死忠臣，斤斤较量药味应该如何包，如何煎，如何冲者着实高明。他们其实也不相信中医，他们以为这样斤斤较量倒是虚伪，难免要医死病人。

所以神方，中医，西医，三个阶级，你若要考查他们对于那一个信仰最深，莫妙于反问他们那一个最容易把病人医死。他们一定说，“西医没有一个医好的，中医次之，神方却是最灵验，真真药到病除的了。”看了这样的社会习俗，自然对于半道士式的中医，不免要起一点相对的同情了。

人家一定要问，这种社会里的知识阶级到那里去了，难道没有一个报馆输送点知识给普通社会的吗？我于是乎想起报馆来了。高一涵君

高一涵君說四川有二十四天以前的報看便算幸事,但我的故鄉全不如此。上海的報,當日晚上,至遲次日一早,就可以看見。本地報呢,只是這一點小城,就也有四個報館。不消說,一看那種報,很有可以使人寒心的地方。一切緊要新聞,本來照例是抄上海報的,可以不用管他。只就社會新聞而論,滿篇都是刻板的文字,與刻板的內容。材料中最占大多數的,自然是金錢的爭執,與男女的關係,而用一種幸災樂禍的文筆記載出來。這種格式,大概先有一人作俑,後來凡屬相類的事實,便翻查成案,振筆直抄。他們也不管是否新聞,大概只要是稿便登載。我曾在新聞欄中看見一則某人的醜史,內容是敍他去年一段娶妾的事,與今年毫不相涉。這也算是新聞!我記得芮恩施對新聞記者演說有一句話:狗咬人不算新聞,人咬狗纔算新聞。像這一種某人去年的醜史,簡直可以說是去年狗不咬人了,還可算是新聞嗎?果然,現在中國的報紙,無論如何的能手,看見社會新聞也難免捲鋒。但是大病每在找尋材料之不得法,和記说四川有二十四天以前的报看便算幸事，但我的故乡全不如此。上海的报，当日晚上，至迟次日一早，就可以看见。本地报呢，只是这一点小城，就也有四个报馆。不消说，一看那种报，很有可以使人寒心的地方。一切紧要新闻，本来照例是抄上海报的，可以不用管他。只就社会新闻而论，满篇都是刻板的文字，与刻板的内容。材料中最占大多数的，自然是金钱的争执，与男女的关系，而用一种幸灾乐祸的文笔记载出来。这种格式，大概先有一人作俑，后来凡属相类的事实，便翻查成案，振笔直抄。他们也不管是否新闻，大概只要是稿便登载。我曾在新闻栏中看见一则某人的丑史，内容是叙他去年一段娶妾的事，与今年毫不相涉。这也算是新闻！我记得芮恩施对新闻记者演说有一句话：狗咬人不算新闻，人咬狗才算新闻。像这一种某人去年的丑史，简直可以说是去年狗不咬人了，还可算是新闻吗？果然，现在中国的报纸，无论如何的能手，看见社会新闻也載手段之不高妙。像故鄉報紙所犯的毛病，似乎我在別處報上極其少見。所以要利用他們把智識輸入普通社會，恐怕是很不容易的事。

* * * *

我看了這種報紙雖然寒心，但總還有一點疑惑，以爲鄉人縱有別處人所有的種種惡的性習，甚或格外加多，但未必沒有別處人所有的一點好的性習，即使格外稀少；但報紙上何以一無所見呢？這纔又想到他們的刻板文章與刻板內容了。報紙上有了刻板的文章與刻板的內容，即使實際上發現了好的新聞，訪者必將因其不能鑄入舊模，棄之不顧；這還是小事，最可怕的是訪者不但先有刻板的文章與內容，他自己身上還長著一雙刻板的眼睛，好的事情他未必看得入眼。這是智識階級的有無智識的問題了。

還有一個大毛病，我以爲他們也正與現在的大多數人一樣，是根本上缺少一點好意。我覺得記載手段的是否高妙，探訪手段的是否得法，甚而至於有沒有這樣徒存形式的報难免卷锋。但是大病每在找寻材料之不得法，和记载手段之不高妙。像故乡报纸所犯的毛病，似乎我在别处报上极其少见。所以要利用他们把知识输入普通社会，恐怕是很不容易的事。

* * * *

我看了这种报纸虽然寒心，但总还有一点疑惑，以为乡人纵有别处人所有的种种恶的性习，甚或格外加多，但未必没有别处人所有的一点好的性习，即使格外稀少：但报纸上何以一无所见呢？这才又想到他们的刻板文章与刻板内容了。报纸上有了刻板的文章与刻板的内容，即使实际上发现了好的新闻，访者必将因其不能铸入旧模，弃之不顾；这还是小事，最可怕的是访者不但先有刻板的文章与内容，他自己身上还长着一双刻板的眼睛，好的事情他未必看得入眼。这是知识阶级的有无知识的问题了。

还有一个大毛病，我以为他们也正与现在的大多数人一样，是根本上缺少一点好意。我觉得记载手段的是否高妙，采访手段的是否得法，甚紙,都是第二個問題,最要緊的是人們互相知道,互相諒解。我看了社會新聞不是客觀的敘述事實,却是極帶一種玩世意味的攻擊個人,覺得他們除了欠缺智識以外,還欠缺一樣別的東西,這大概就是我所謂的好意了。譬如說罷,某人做了一件什麼壞事,這用社會學的眼光看來考查這壞事究竟是誰做的,並不十分重要,報紙只要將他的真名宣布出來,也已儘夠了,但他們却非將他的綽號宣布出來不可。拿起社會新聞來看,十條攻擊個人的新聞,其中有九條是有綽號的。我不相信凡屬鄉人都有一個綽號,也不相信凡屬鄉人之被報館攻擊者都有一個綽號,那麼這個加添綽號的罪名不免又要加到文人身上來了。

我也不必諱言,這個加添綽號的惡辣手段,本來是鄉人用以陷害別人的。我敢說一句武斷的話,近世數百年來,凡屬中國人,無論住在那一省,那一府,那一縣,都有被我的鄉人用加添綽號的惡辣手段陷害的可能性。他們盤踞在大大小小的衙門裏,好惡只隨他們的喜怒,凡是他們認為可以處罪的,除了種種而至于有没有这样徒存形式的报纸，都是第二个问题，最要紧的是人们互相知道，互相谅解。我看了社会新闻不是客观的叙述事实，却是极带一种玩世意味的攻击个人，觉得他们除了欠缺知识以外，还欠缺一样别的东西，这大概就是我所谓的好意了。譬如说罢，某人做了一件什么坏事，这用社会学的眼光看来，考查这坏事究竟是谁做的，并不十分重要，报纸只要将他的真名宣布出来，也已尽够了，但他们却非将他的绰号宣布出来不可。拿起社会新闻来看，十条攻击个人的新闻，其中有九条是有绰号的。我不相信凡属乡人都有一个绰号，也不相信凡属乡人之被报馆攻击者都有一个绰号，那么这个加添绰号的罪名不免又要加到文人身上来了。

我也不必讳言，这个加添绰号的恶辣手段，本来是乡人用以陷害别人的。我敢说一句武断的话，近世数百年来，凡属中国人，无论住在那一省，那一府，那一县，都有被我的乡人用加添绰号的恶辣手段陷害的可能性。他们盘踞在大大小別的文字上的布置以外,最輕妙不費力而收效最大的,莫過於任意給罪人加上一個綽號。文字上的褒貶,起原本來甚古,孔二先生便早在春秋上用這種手段論人。而在一方面看這文字的大多數人,也早已種了隨文字之褒貶爲褒貶的毒根,以爲一個人有了這樣粗鄙的綽號,斷斷不見得是好人,就加以強盜的罪名也決不爲過。於是盤踞在衙門裏的人們得其所哉了。最近一二十年來,這些人的勢力逐漸減殺,但是這些人的孩子們,還著實相信法政學堂是唯一的出路,螞蟻附腥氣一般的瞎擠進去,外省的人們似乎還應該緊緊的防著呢。

但是事實竟出人意料之外,害人者卽所以害己。我想九泉之下的老師爺們要是有知,看見現在的本地報紙上,盡是一大篇的綽號,並且用那種毫無同情的文筆,玩世的記載他們子孫自家人的事蹟,一定要號咷大哭一場。

文人的任務,是在一面將人的好的處所發見出來,客觀的記載出來,告訴別處的人們,小的衙门里，好恶只随他们的喜怒，凡是他们认为可以处罪的，除了种种别的文字上的布置以外，最轻妙不费力而收效最大的，莫过于任意给罪人加上一个绰号。文字上的褒贬，起源本来甚古，孔二先生便早在春秋上用这种手段论人。而在一方面看这文字的大多数人，也早已种了随文字之褒贬为褒贬的毒根，以为一个人有了这样粗鄙的绰号，断断不见得是好人，就加以强盗的罪名也决不为过。于是盘踞在衙门里的人们得其所哉了。最近一二十年来，这些人的势力逐渐灭杀，但是这些人的孩子们，还着实相信法政学堂是唯一的出路，蚂蚁附腥气一般的瞎撞进去，外省的人们似乎还应该紧紧的防着呢。

但是事实竟出人意料之外，害人者即所以害己。我想九泉之下的老师爷们要是有知，看见现在的本地报纸上，尽是一大篇的绰号，并且用那种毫无同情的文笔，玩世的记载他们子孙自家人的事迹，一定要号啕大哭一场。

文人的任务，是在一面将人的好的处所发见出這里也有你們的兄弟,一方面將人的惡的處所發見出來,客觀的記載出來,告訴本地的人們,這些是你們應該改善的。故鄉的報紙,在北京少有見面,只有從前在大學門房裏看見過一份封面上寫著“蔡鶴卿周啟明二先生同啓”的外省報,從郵印上看出確是從他們的故鄉寄來的;他們一個住在東城,一個住在西城,後來怎樣的“同啓”了一下,我終於沒有知道。因此我很想在這一次南行時,順便看看故鄉的報紙,借著他和我的久別的故鄉會一會面,或者介紹給大學的圖書館,使別人也知道浙江省裏有這樣一塊地方,這樣一羣人,在那裏幹這樣這樣的事。但是結果很使我失望。我相信故鄉決不像他們記載的樣子。他們是一面哈哈鏡,有意把真實的人照得七凸八凹了。

* * * *

看了這樣的社會,我想無論什麼人,一定要同樣的發生一個疑問,就是,他們的教育如何? 正如植物被蟲吃了的時候,人一定要問,“芽頭蹇了沒有?”

来，客观的记载出来，告诉别处的人们，这里也有你们的兄弟，一方面将人的恶的处所发见出来，客观的记载出来，告诉本地的人们，这些是你们应该改善的。故乡的报纸，在北京少有见面，只有从前在大学门房里看见过一份封面上写着“蔡鹤卿周启明二先生同启”的外省报，从邮印上看出确是从他们的故乡寄来的；他们一个住在东城，一个住在西城，后来怎样的“同启”了一下，我终于没有知道。因此我很想在这一次南行时，顺便看看故乡的报纸，借着他和我的久别的故乡会一会面，或者介绍给大学的图书馆，使别人也知道浙江省里有这样一块地方，这样一群人，在那里干这样这样的事。但是结果很使我失望。我相信故乡决不像他们记载的样子。他们是一面哈哈镜，有意把真实的人照得七凸八凹了。

* * * *

看了这样的社会，我想无论什么人，一定要同样的发生一个疑问，就是，他们的教育如何？正如植物被虫吃了的时候，人一定要问，“芽头萎了没有？”

前面已經說過,鄉人的瞻望將來的眼光,還放在不可捉摸的來世,著實無暇顧及脚跟前活潑的小孩兒。但是因爲種種關係,教育却也不能不有,於是我要先將他們對於教育的態度來說一說了。

初開學堂的時候,他們看出學堂是洋字一類的東西,所以都敬而畏之。學堂的第二個時期到了,他們覺得這是官字一類的東西了,於是乎畏而輕之。後來學堂越開越多,內容越長久越明瞭,發見這並不是洋鬼子的偵探,也不是皇帝的欽差,不過設立來教育他們的"小畜生"(註)的,這時候的教育眞不值得半文爛鉛錢了。

(註)我一點也不寃枉他們,他們十人中有九人罵自已的少爺小姐爲小畜生。從這三字可以推知他們對於孩子的態度。

現在他們對於教育的態度,還陷在第三個階級裏。要整頓教育,此刻無論如何不能在教育的本身下手,最要緊的是使他們看重自己的孩子。待他們對於自己的孩子眞是當人看待了,然後再使他們知道研究學問的前面已经说过，乡人的瞻望将来的眼光，还放在不可捉摸的来世，着实无暇顾及脚跟前活泼的小孩儿。但是因为种种关系，教育却也不能不有，于是我要先将他们对于教育的态度来说一说了。

初开学堂的时候，他们看出学堂是洋字一类的东西，所以都敬而畏之。学堂的第二个时期到了，他们觉得这是官字一类的东西了，于是乎畏而轻之。后来学堂越开越多，内容越长久越明瞭，发见这并不是洋鬼子的侦探，也不是皇帝的钦差，不过设立来教育他们的“小畜生”[注]的，这时候的教育真不值得半文烂铅钱了。

[注] 我一点也不冤枉他们，他们十人中有九人骂自己的少爷小姐为小畜生。从这三字可以推知他们对于孩子的态度。

现在他们对于教育的态度，还陷在第三个阶级里。要整顿教育，此刻无论如何不能在教育的本身下手，最要紧的是使他们看重自己的孩子。待他们对于自己的孩子真是当人看待了，然后再使他们知道研究学问的重要。因为我常常听见有人用一句口重要．因爲我常常聽見有人用一句口頭禪，是"我們反正是經商的，讀書做什麼呢？"這已不是看不起學堂，也不是看不起孩子，只是把學堂與孩子看作兩件極不相關的東西．因爲他們只知道經商的人便不用讀書，不知道經商的道理方法也要從書裏面得來．

有一個中學堂和一個師範學堂，都是別人來替他們辦的，好壞他們都不管，其實連怎樣叫好壞他們也未必知道．從前也經過一個時期，這兩個學堂都是自家人辦的，但是這怎麼得了呢？熟面孔最容易吃羣衆的虧，熟面孔與熟面孔又最容易爭奪，只要走來一個遠客，便什麼都好辦了．

這次我到家以後，有一位師範學堂的教員來看我，我便問起他們學校的近況，他說，'學生們是想新的，但是缺少根據．'我當初沒有細問，後來一想這所謂根據究竟是什麼，却有些答不上來，大概是說學生們不能看進化論，互助論，資本論，相對論一類的書罷．但是我又疑惑，中學校的學生，能够不能夠，應該不應該，看這些新思潮根據的書籍，實在是一头禅，是“我们反正是经商的，读书做什么呢？”这已不是看不起学堂，也不是看不起孩子，只是把学堂与孩子看作两件极不相关的东西。因为他们只知道经商的人便不用读书，不知道经商的道理方法也要从书里面得来。

有一个中学堂和一个师范学堂，都是别人来替他们办的，好坏他们都不管，其实连怎样叫好坏他们也未必知道。从前也经过一个时期，这两个学堂都是自家人办的，但是这怎么得了呢？熟面孔最容易吃群众的亏，熟面孔与熟面孔又最容易争夺，只要走来一个远客，便什么都好办了。

这次我到家以后，有一位师范学堂的教员来看我，我便问起他们学校的近况，他说，“学生们是想新的，但是缺少根据。”我当初没有细问，后来一想，这所谓根据究竟是什么，却有些答不上来，大概是说学生们不能看进化论，互助论，资本论，相对论一类的书罢。但是我又疑惑，中学校的学生，能够不能够，应该不应该，看这些新思潮根据的书籍，实在是一个问题。再想下去，個問題．再想下去，中學校的學生，是否應該有新有舊，想新想舊，實在更是一個問題．中學教育的目的，是使學生們知道橫的天然界有多少東西，縱的人事界有多少歷史．要是中學教師能盡這個目的做去，我可斷定中學的學生，一個也沒有新的，一個也沒有舊的，只是一個一個的都是預備做成人的健全胚子．所以我覺得教育學說的新舊，教授方法的新舊，都是教員方面的事，中學校的學生實在可以暫且不管．

新思想傳播到鄉曲，色彩本已不見得濃厚了，再加上多少的誤解，結果自然只落得一場短期的空熱鬧．我便中走過書肆，問他們近來有什麼新到的書籍．他們說，"新思潮現在已經過時了，所以上海來的新書也很少．從前大大的通行過一時的，如今買的人也漸少了．"

但這都沒有什麼要緊．我以爲感染來的新思潮，或者遠不如自己發生的格外可貴．我所唯一希望的，是父兄們自己已經腐敗了，千萬不可再去害子弟．他們所認爲寶貝的中学校的学生，是否应该有新有旧，想新想旧，实在更是一个问题。中学教育的目的，是使学生们知道横的天然界有多少东西，纵的人事界有多少历史。要是中学教师能尽这个目的做去，我可断定中学的学生，一个也没有新的，一个也没有旧的，只是一个一个的都是预备做成人的健全胚子。所以我觉得教育学说的新旧，教授方法的新旧，都是教员方面的事，中学校的学生实在可以暂且不管。

新思想传播到乡曲，色彩本已不见得浓厚了，再加上多少的误解，结果自然只落得一场短期的空热闹。我便中走过书肆，问他们近来有什么新到的书籍。他们说，“新思潮现在已经过时了，所以上海来的新书也很少。从前大大的通行过一时的，如今买的人也渐少了。”

但这都没有什么要紧。我以为感染来的新思潮，或者远不如自己发生的格外可贵。我所唯一希望的，是父兄们自己已经腐败了，千万不可再去害子弟。他们所认为宝贝的东西，千万東西,千萬不要往孩子肚皮裏亂塞,只要讓他們自己發展,那麼三四十年後的故鄉,一定可以不如今日的樣子了。

* * * * *

還有許多不成片段的寶貝,似乎也很有保留起來的價值,可惜我的記憶力太壞,記載手段又太劣,不能好好的盡保留之職能了。

現在把這些東西暫且一條條的寫在下面。

一: 一個錢鋪子裏的漂亮商人說:"蔡元培眞是個敗家子呵! 他可瞞不得我的一雙眼睛。 他的兄弟整千整百的洋錢匯給他,我都是親眼看見的。 這種兄弟眞是好兄弟,這種阿哥眞是傻阿哥!"

又一個年老點的人說:"他這翰林遠不如黃壽袞這翰林,一個雖然也不見得能幹,總還做一任知府,擄了十幾萬家私,他是連一任知縣也輪不著!"

二: 一個在北京的銀行裏當文書的人,議論他一個朋友的兒子的病症,說:

"這該死! 這該死! 他得病以前是眞

不要往孩子肚皮里乱塞，只要让他们自己发展，那么三四十年后的故乡，一定可以不如今日的样子了。

* * * *

还有许多不成片段的宝贝，似乎也很有保留起来的价值，可惜我的记忆力太坏，记载手段又太劣，不能好好的尽保留之职罢了。

现在把这些东西暂且一条条的写在下面。

一、一个钱铺子里的漂亮商人说："蔡元培真是个败家子呵！他可瞒不得我的一双眼睛。他的兄弟整千整百的洋钱汇给他，我都是亲眼看见的。这种兄弟真是好兄弟，这种阿哥真是傻阿哥！"

又一个年老点的人说："他这翰林远不如黄寿衮这翰林，一个虽然也不见得能干，总还做一任知府，掳了十几万家私，他是连一任知县也轮不着！"

二、一个在北京的银行里当文书的人，议论他一个朋友的儿子的病症，说：

"这该死！这该死！他得病以前是真老悖，但是这一点好：汽水冰其林从来不上口的。我究老悖,但是這一點好:汽水冰其林從來不上口的。我究竟沒有病痛。哼,這種後生們那里肯聽！他們愛時髦！

"去年,老范也上過一回大當。他學了時髦,也要看看西醫。毛病並不重呵,西醫却把他的頭拿去到冰裏面一冰,那可糟糕了。後來還是我勸他,他自己也覺悟了,趕緊請中醫,吃了二錢'至寶丹'纔開了竅。"他伸出兩個手指,搖搖頭,再說,"險呵！你學時髦去！學時髦的人應該給他們吃點苦。"

三:又一個在北京銀行裏當收支的人,年紀也有五十多歲了,在席上閒談,中間有一段說:"所以我現在的嫖興也大減了。第一現在的姑娘們都是大脚,看了與看男人一樣,先鼓不起我的興致！"

四:一個在上海衣莊裏當經理的親戚,問我說:"現在令弟在法國做什麼呢?"

"學圖畫,"我說。

"他跑了三四十天的路程只是爲學一點圖畫嗎?"他意以爲這是我騙他的。

"他的性質與圖畫相近,法國的圖畫又

竟没有病痛。哼，这种后生们那里肯听！他们爱时髦！

“去年，老范也上过一回大当。他学了时髦，也要看看西医。毛病并不重呵，西医却把他的头拿去到冰里面一冰，那可糟糕了。后来还是我劝他，他自己也觉悟了，赶紧请中医，吃了二钱‘至宝丹’才开了窍。”他伸出两个手指，摇摇头，再说，“险呵！你学时髦去！学时髦的人应该给他们吃点苦。”

三、又一个在北京银行里当收支的人，年纪也有五十多岁了，在席上闲谈，中间有一段说：“所以我现在的嫖兴也大减了。第一现在的姑娘们都是大脚，看了与看男人一样，先鼓不起我的兴致！”

四、一个在上海衣庄里当经理的亲戚，问我说：“现在令弟在法国做什么呢？”

“学图画。”我说。

“他跑了三四十天的路程只是为学一点图画吗？”他意以为这是我骗他的。

有名,所以他學圖畫倒是很相宜的."

"我想太不值得了,你勸改學法政好不好?"

"不好! 一個人只有他愛學的東西學了纔會成功,法政與他性質不相近的."

"我看總是法政好. 學法政回來的人至少也是一個省長. 你看現在的督軍省長撈起錢來多少利害,起碼總是幾百萬."

"倘只爲要撈幾百萬,那麽何必跑到外國去,只要在本國學撈幾百萬的方法就好了." 我這樣回答他.

"我想路越跑得遠,回來掙的錢便應該越多. 他原來去學些圖畫,跑這許多路太不值得了." 他很失望似的說,意謂年青不懂事,跑得遠路到那里去學點玩意兒,却把正經事拋了. "那麽他學了回來仍是與我們生意人一樣!"

"正是," 我說, "生意人靠每天工作吃飯,他將來回國也是靠每天工作吃飯. 整天不作工,却要去撈幾百萬,還不是和做強盜一樣嗎?"

“他的性质与图画相近，法国的图画又有名，所以他学图画倒是很相宜的。”

“我想太不值得了，你劝改学法政好不好？”

“不好！一个人只有他爱学的东西学了才会成功，法政与他性质不相近的。”

“我看总是法政好。学法政回来的人至少也是一个省长。你看现在的督军省长掳起钱来多少利害，起码总是几百万。”

“倘只为要掳几百万，那么何必跑到外国去，只要在本国学掳几百万的方法就好了。”我这样回答他。

“我想路越跑得远，回来挣的钱便应该越多。他原来去学些图画，跑这许多路太不值得了。”他很失望似的说，意谓年青不懂事，跑得远路到那里去学点玩意儿，却把正经事抛了。“那么他学了回来仍是与我们生意人一样！”

“正是，”我说，“生意人靠每天工作吃饭，他将来回国也是靠每天工作吃饭。整天不作工，却要去掳几百万，还不是和做强盗一样吗？”

"那不用說了.一個人不是爲名,便是爲利.我知道了:你們旣不要利,一定是爲名了."他自己勉強把這個難題解決了,其實依然沒有明白.我想我何必同他爭論,還是讓他自己解决就算了.

以上四則,眞是滄海裏的一粟,其餘爲我所沒有遇見,或遇見而此刻一時想不起的,還不知有多少呢.但是只看這一點,已經也儘夠可以寶貴了.照例這些東西未必能走進我的耳朵,因爲懷著這些東西的人也早已自知謹愼,不大肯給他們心中的某一種人看見.但是我頗有這個本領,使他們覺得我的存在直與不存在一樣,他們儘可以暢乎言之,——像第四則我同他對話是很少的.這個本領從什麽地方得來,我自己也不大曉得,彷彿記起從前在什麽書上見過,到蜜蜂窩裏取蜜,採取的人須得小心謹愼,使蜜蜂們覺得與沒有這人一樣,否則便要被他們放毒刺,或者我無形中受了影響.但是,我敢深信,我不像採蜜的人一樣;他是越採得多越快活,我是越採得多越心傷.

“那不用说了。一个人不是为名，便是为利。我知道了：你们既不要利，一定是为名了。”他自己勉强把这个难题解决了，其实依然没有明白。我想我何必同他争论，还是让他自己解决就算了。

以上四则，真是沧海里的一粟，其余为我所没有遇见，或遇见而此刻一时想不起的，还不知有多少呢。但是只看这一点，已经也尽够可以宝贵了。照例这些东西未必能走进我的耳朵，因为怀着这些东西的人也早已自知谨慎，不大肯给他们心中的某一种人看见。但是我颇有这个本领，使他们觉得我的存在直与不存在一样，他们尽可以畅乎言之，——像第四则我同他对话是很少的。这个本领从什么地方得来，我自己也不大晓得，仿佛记起从前在什么书上见过，到蜜蜂窝里取蜜，采取的人须得小心谨慎，使蜜蜂们觉得与没有这人一样，否则便要被他们放毒刺，或者我无形中受了影响。但是，我敢深信，我不像采蜜的人一样；他是越采得多越快活，我是越采得多越心伤。

# VI.

## 浦鎮十三日之勾留.

我萬萬想不到,這一次回京時,要無端的在浦鎮去住十三天. 津浦路沖斷是我早經知道的了,但我以爲只要在南京停留兩三天可以通車,所以絕不想到海道,長江輪船與京漢路.

到南京的第二天,許欽文君就渡江來把我邀去,說在南京與在浦鎮反正是一樣的等車. 我就當夜同他到了浦鎮,預定明日一早再渡江來,逛一兩天南京名勝. 不料當晚風聲大作,次日早上又繼以陰雨,遂决定暫不渡江,只寫一信給下關旅店,說倘有人找我,或有信件,都可轉到浦鎮來,詎知事又出人意表,從我到浦鎮的第二天起,一直斷斷續續的下了十三天的風雨,中間沒有半日的停止. 到第五六天時候,雨稍除點,我硬著頭皮渡江去,走到旅館,掌櫃的驚問我這麼多的日子在那裏,說有許多來找的人都碰頭,許多信也退回了.

# Ⅵ.

# 浦镇十三日之勾留

我万万想不到，这一次回京时，要无端的在浦镇去住十三天。津浦路冲断是我早经知道的了，但我以为只要在南京停留两三天可以通车，所以绝不想到海道，长江轮船与京汉路。

到南京的第二天，许钦文君就渡江来把我邀去，说在南京与在浦镇反正是一样的等车。我就当夜同他到了浦镇，预定明日一早再渡江来，逛一两天南京名胜。不料当晚风声大作，次日早上又继以阴雨，遂决定暂不渡江，只写一信给下关旅店，说倘有人找我，或有信件，都可转到浦镇来，讵知事又出人意表，从我到浦镇的第二天起，一直断断续续的下了十三天的风雨，中间没有半日的停止。到第五六天时候，雨稍除点，我硬着头皮渡江去，走到旅馆，掌柜的惊问我这么多的日子在那里，说有许多来找的人都碰头，许多信也退回了。我说我明明有信给我說我明明有信給你們,說我在浦鎮. 他說沒有收到. 我說我明明寫著江南第一旅館執事先生收,怎麼會不收到的呢? 他說,"阿,原來那一封信就是你先生寫的嗎? 我們因為這里沒有執事先生其人,早已拒絕了."這怎麼好呢,眞把我氣得不能開聲了. 沒奈何再在旅館裏寫了一張條子,貼在門口,並叫掌櫃的緊緊記著,我在浦鎮什麼里多少號,於是我又遄返浦鎮了.

這十三天當中,在浦鎮得到些什麼? 這我已在許龔二君面前受過一回考試,可以背誦出來一點也沒有錯,現在再覆試一回罷.

背東南面向西北的房子,面臨街道,後臨河道,正對面是一家孔四房清眞客棧,裏面是一個六十餘歲的老年婦人,一個四十餘歲的中年婦人,一個十八九歲的少爺式的青年兒子,以下再是兩個十歲以上的女孩,一個十歲以下的男孩,因為常要朝著我們裝作嬉皮笑臉,所以我們叫他頑童的. 從老年婦人直至頑童為止,身上都帶著孝;我們均猜想這死的大概是中年婦人的丈夫. 但又不然,老年婦你们，说我在浦镇。他说没有收到。我说我明明写着江南第一旅馆执事先生收，怎么会不收到的呢？他说："阿，原来那一封信就是你先生写的吗？我们因为这里没有执事先生其人，早已拒绝了。"这怎么好呢，真把我气得不能开声了。没奈何再在旅馆里写了一张条子，贴在门口，并叫掌柜的紧紧记着，我在浦镇什么里多少号，于是我又遄返浦镇了。

这十三天当中，在浦镇得到些什么？这我已在许龚二君面前受过一回考试，可以背诵出来一点也没有错，现在再覆试一回罢。

背东南而向西北的房子，面临街道，后临河道，正对面是一家孔四房清真客栈，里面是一个六十余岁的老年妇人，一个四十余岁的中年妇人，一个十八九岁的少爷式的青年儿子，以下再是两个十岁以上的女孩，一个十岁以下的男孩，因为常要朝着我们奘[1]作嬉皮笑脸，所以我们叫他顽童的。从老年妇人直至顽童为止，身上都带着孝，我们均猜想这死的大概是中年妇人的丈夫。但又不然，老年妇

[1] 同"装"。

人爲什麼要給兒子帶孝,發生了問題.於是許君天開妙想,說老年婦人一定是死者之妻,中年婦人是死者之妾,但我們終不大以爲然.

老年婦人勤儉極了,一早五六點鐘的時候,有時我們還沒有起來,便聽見伊在門口鮮菜挑裏買菜論價的聲音,從此開手勞作,整整一天,直到晚飯以後纔停止,如紡紗咧,淘米咧,煮飯咧,上上排門咧,去荳芽菜的根咧,水淹入屋內時在地上搭挑板咧,什麼事體都做.其次便是中年婦人與兩個女孩子,他們除了互相梳髻,稍費一點功夫以外,其工作的沒有間斷,也不亞於老年婦人.至於兩個男孩,一個頑童式的,年紀已經到學齡了,但並不看見他入學,他的樣子是告訴人他將來大了以後也像那十八九歲的哥哥一樣.那十八九歲的哥哥是怎樣的呢?他居恆並沒有什麼特點;我眞的太不善於觀察,當初看見他穿的一身立領的洋服,以爲他是個鐵路上的剪票員之流,龔君說不然,他一定是個休學的中學生,後來研究,覺得大體不錯.他除了吃飯吸紙煙與弟妹們玩耍,或街上有什麼風吹艸動的小人为什么要给儿子带孝，发生了问题。于是许君天开妙想，说老年妇人一定是死者之妻，中年妇人是死者之妾，但我们终不大以为然。

老年妇人勤俭极了，一早五六点钟的时候，有时我们还没有起来，便听见伊在门口鲜菜挑里买菜论价的声音，从此开手劳作，整整一天，直到晚饭以后才停止，如纺纱咧，淘米咧，煮饭咧，上上排门咧，去荳芽菜的根咧，水淹入屋内时在地上搭挑板咧，什么事体都做。其次便是中年妇人与两个女孩子，他们除了互相梳髻，稍费一点功夫以外，其工作的没有间断，也不亚于老年妇人。至于两个男孩，一个顽童式的，年纪已经到学龄了，但并不看见他人学，他的样子是告诉人他将来大了以后也像那十八九岁的哥哥一样。那十八九岁的哥哥是怎样的呢？他居恒并没有什么特点；我真的太不善于观察，当初看见他穿的一身立领的洋服，以为他是个铁路上的剪票员之流龚君说不然，他一定是个休学的中学生，后来研究，觉得大体不错。他除了吃饭吸纸烟与弟妹仃玩耍，事便出去觀看以外,便坐在店門口閒望,他們說他是在望我們東邊樓窗裏房東的小姨子,這也許近是. 但我並不以他爲不然,我主張靑年們只要不可忘了自己的事業,這時候男看女女看男是極應該的,儘管放著膽子正大光明的選擇自己的伴侶;不過第一不可躱躱閃閃,越怕人知道或者越鬧出大笑話,第二不可在選擇定了以後,再有這樣類似選擇的行爲,在愛情中轉輾的生活著,虛靡了一世.

少爺的生活,但是,也很清苦. 老年婦人中年婦人與兩個女孩子更是不用說了. 少爺與幼年的一個所謂頑童,是合家所奉爲寶貝的,有時他們與姊妹們有什麼爭論,兩個婦人照例不問是非,屈女孩而直男孩,吃飯時也給他們兩個人先吃. 但是,我們從樓窗口偸望下去,這兩個闊人也不過吃豆板菜過日子,潮水來時魚價賤,也只有間或幾條小小的,便算作他們的盛饌了. 這也難怪;新死了一個人是無疑的了,而他們這客棧,是從來無人照顧的,我在他們對面住了十三天,絕不見他們有一個旅客,所謂客棧也不過只有一個名頭,或街上有什么风吹草动的小事便出去观看以外，便坐在店门口闲望，他们说他是在望我们东边楼窗里房东的小姨子，这也许近是。但我并不以他为不然，我主张青年们只要不可忘了自己的事业，这时候男看女女看男是极应该的，尽管放着胆子正大光明的选择自己的伴侣；不过第一不可躲躲闪闪，越怕人知道或者越闹出大笑话，第二不可在选择定了以后，再有这样类似选择的行为，在爱情中转辗的生活着，虚靡了一世。

少爷的生活，但是，也很清苦。老年妇人中年妇人与两个女孩子更是不用说了。少爷与幼年的一个所谓顽童，是合家所奉为宝贝的，有时他们与姊妹们有什么争论，两个妇人照例不问是非，屈女孩而直男孩，吃饭时也给他们两个人先吃。但是，我们从楼窗口偷望下去，这两个阔人也不过吃豆板菜过日子，潮水来时鱼价贱，也只有间或几条小小的，便算作他们的盛馔了。这也难怪；新死了一个人是无疑的了，而他们这客栈，是从来无人照顾的，我在他们对面住了十三天，绝不见他们有一个旅客，住住幾個自家主人罷了.

* * * *

孔四房客棧是在我們正對面,與他並列的還有許多臨街的小屋子,多半都是草舍,間或也有幾所瓦房.其中的人有劈篾爲簰的,有炸油條,烙燒餅的,有開小雜貨店的,生活都是不堪其苦而且大多數沒有樓房,一漲大水,大家都搭挑而居.我們住在樓上的,水淹入屋內時,尙且常見有極大的錢串子蟲爬上樓來,可以料想他們沒有樓房的在大水時所吃的苦,只論蟲豸一種也已儘够了.

孔四房的後面一帶是山,離他不遠,山脚下還住著許多人家.因爲他的後門,可以通到山麓,所以我們間或看見山下人家的男婦老幼,爲貪近便起見,有從孔四房的前門出來的.但這自然須得孔四房的允許,誰也不能任意假道.不過這個允許當然不是說有什麽方式的,只要一向假道下來,雙方沒有異言,便自然率由舊章.但這絕非所論於忠厚的人,戇直的人,或不大知趣的人.

山下人家有一個所謂傻婆也者,年不過

所谓客栈也不过只有一个名头，住住几个自家主人罢了。

* * * *

孔四房客栈是在我们正对面，与他并列的还有许多临街的小屋子，多半都是草舍，间或也有几所瓦房。其中的人有劈篾为箪的，有炸油条，烙烧饼的，有开小杂货店的，生活都是不堪其苦；而且大多数没有楼房，一涨大水，大家都搭挑而居。我们住在楼上的，水淹入屋内时，尚且常见有极大的钱串子虫爬上楼来，可以料想他们没有楼房的在大水时所吃的苦，只论虫豸一种也已尽够了。

孔四房的后面一带是山；离他不远，山脚下还住着许多人家。因为他的后门，可以通到山麓，所以我们间或看见山下人家的男妇老幼，为贪近便起见，有从孔四房的前门出来的。但这自然须得孔四房的允许，谁也不能任意假道。不过这个允许当然不是说有什么方式的，只要一向假道下来，双方没有异言，便自然率由旧章。但这绝非所论于忠厚的人，戆直的人，或不大知趣的人。

二十一二歲,大水漲時,伊天天赤著脚,高捲著褲褪,往二三尺水深的街道上緩步的走過,每天總要走十趟上下:到市上去買菜一二趟;提了磁茶壺兩三把到近市的地方去買開水又是一二趟;拿着米籮菜筐到河埠去淘米洗菜又是兩三趟;據說伊的丈夫還在市上開着一家小雜貨店,所以傻婆有時空手上市,是去管理自己的店務的;店務餘暇,伊還要抱着自己的孩子,就近街坊閒逛,間或每天也要一二趟.伊是這樣一個來去頻繁的人,也天天在孔四房假道,加以伊的性質既可使人名之曰傻婆,當然是不大活潑,孔四房女主人們的不滿意是無疑的了. 一天,我們看見孔四房自老女主人以下,差不多全家,在自己門口,像什麼衙門的衛兵一般,排隊站着. 我們知道有異,出去看時,傻婆正提着米籮菜筐,新從我們屋旁的河埠回來了. 伊要是早知他們擋駕,反正有路可走,只差得稍遠一點,不到孔四房去假道也就罷了,但是傻婆的單純的心理還辦不到如此. 老女將軍率領小孩子,一見傻婆依然沒有改變方向,朝著他們的大門而來,便緊山下人家有一个所谓傻婆也者，年不过二十一二岁，大水涨时，伊天天赤着脚，高卷着裤褪，往二三尺水深的街道上缓步的走过，每天总要走十趟上下：到市上去买菜一二趟；提了磁茶壶两三把到近市的地方去买开水又是一二趟；拿着米箩菜筐到河埠去淘米洗菜又是两三趟；据说伊的丈夫还在市上开着一家小杂货店，所以傻婆有时空手上市，是去管理自己的店务的；店务余暇，伊还要抱着自己的孩子，就近街坊闲逛，间或每天也要一二趟。伊是这样一个来去频繁的人，也天天在孔四房假道，加以伊的性质既可使人名之曰傻婆，当然是不大活泼，孔四房女主人们的不满意是无疑的了。一天，我们看见孔四房自老女主人以下，差不多全家，在自己门口，像什么衙门的卫兵一般，排队站着。我们知道有异，出去看时，傻婆正提着米箩菜筐，新从我们屋旁的河埠回来了。伊要是早知他们挡驾，反正有路可走，只差得稍远一点，不到孔四房去假道也就罢了，但是傻婆的单纯的心理还办不到如此。老女将军率领小孩子，一见傻婆依然没有緊的堵着門口.在傻婆一方面呢,却是與從前同樣的舒徐,到了門口,也仍是如入無人之境.這樣一面緊張,一面弛緩的空氣之下,結果是傻婆依舊闖進了門口,擋門的人只拔出拳頭來在伊的背脊上打了幾下出氣了事;但是傻婆一直往裏走彷彿只想即刻穿出孔四房的後門,達到山下的伊的目的地,對於他們毫沒有什麽抵抗.

傻婆而外,還有一個使我不容易忘記的,是賣鮮菜的婦人.伊的住所大概也在山麓,不過離得遠了,我們沒有詳細知道,我們所知道的只是伊天天担了鮮菜——綠白相間的韮菜與小白菜——在滿水的街道上徒涉,並且每每找一個空閒的地方等著人家買罷了.我估量伊的年紀大概也與傻婆彷彿,不過二十一二歲.我倚著樓窗看了伊的身面,對龔君說,這個人還是才做了新嫁娘哩.伊赤脚是不用說的了,這是浦鎮極平常的風氣,况且這回又有大水.伊的頭上首飾,似乎銀色既毫無轉變,而上面染著的翠點又極其新鮮.土布衣服,土布褲子,深藍都沒有褪色.這明改变方向，朝着他们的大门而来，便紧紧的堵着门口。在傻婆一方面呢，却是与从前同样的舒徐，到了门口，也仍是如入无人之境。这样一面紧张，一面弛缓的空气之下，结果是傻婆依旧闯进了门口，挡门的人只拔出拳头来在伊的背脊上打了几下出气了事；但是傻婆一直往里走仿佛只想即刻穿出孔四房的后门，达到山下的伊的目的地，对于他们毫没有什么抵抗。

傻婆而外，还有一个使我不容易忘记的，是卖鲜菜的妇人。伊的住所大概也在山麓，不过离得远了，我们没有详细知道，我们所知道的只是伊天天担了鲜菜——绿白相间的韭菜与小白菜——在满水的街道上徒涉，并且每每找一个空闲的地方等着人家买罢了。我估量伊的年纪大概也与傻婆仿佛，不过二十一二岁。我倚着楼窗看了伊的身面，对龚君说，这个人还是才做了新嫁娘哩。伊赤脚是不用说的了，这是浦镇极平常的风气，况且这回又有大水。伊的头上首饰，似乎银色既毫无转变，而上面染着的翠点又极其新鲜。土布明表示是伊的嫁時衣. 從伊的面色與這些服飾上的根據,我便說伊是纔做了新嫁娘的. 龔君也以爲然,遂繼續說出關於伊的一段故事。這一說而使我連上述的一段情境也不會忘記了.

龔君說伊是一個極忠厚的女人. 有一回,他初見伊担着鮮菜到這條街上來的時候,街坊一個人出來問伊買菜;秤好以後,將付錢了,伊又添了他一小把. 誰知做好人是極危險的,旁邊小孩子和婦人們都看見了,大家走到伊的菜挑旁邊,初時還正正經經的問伊購買,要伊加添,後來你一隻籃,我一隻手,迫得伊無暇應付,不問曾否付價,只大家混水捉魚,各得着一點便宜去了. 這面伊一個人,臉上也看不出什麼感情的表現,等了一會兒依舊慢慢的挑回去了. 從此大家都要到伊這里買菜,就算不妄想不出代價,也各人希望著沾點便宜了. 不過現在大概伊也有了經驗,漸知與人較量,不大像從前的肯隨便送人了.

這是浦鎮裏面的小小波瀾. 龔君說完以後,我們都倚欄無語,相對不禁憮然.

衣服，土布裤子，深蓝都没有褪色。这明明表示是伊的嫁时衣。从伊的面色与这些服饰上的根据，我便说伊是才做了新嫁娘的。龚君也以为然，遂继续说出关于伊的一段故事。这一说而使我连上述的一段情境也不会忘记了。

龚君说伊是一个极忠厚的女人。有一回，他初见伊担着鲜菜到这条街上来的时候，街坊一个人出来问伊买菜；秤好以后，将付钱了，伊又添了他一小把。谁知做好人是极危险的，旁边小孩子和妇人们都看见了，大家走到伊的菜挑旁边，初时还正正经经的问伊购买，要伊加添，后来你一只篮，我一只手，迫得伊无暇应付，不问曾否付价，只大家混水捉鱼，各得着一点便宜去了。这面伊一个人，脸上也看不出什么感情的表现，等了一会儿依旧慢慢的挑回去了。从此大家都要到伊这里买菜，就算不妄想不出代价，也各人希望着沾点便宜了。不过现在大概伊也有了经验，渐知与人较量，不大像从前的肯随便送人了。

这是浦镇里面的小小波澜。龚君说完以后，我们都倚栏无语，相对不禁怃然。

* * * *

我第一天往浦鎮,是在晚上九點餘鐘.我與許君坐在長江輪渡的二層樓上,看着黑黃醃鴨蛋一般的雲彩,東一大塊,西又無數小塊,任月亮穿梭似的過去,幾乎看不出雲的本身在動.風呢,打在這麼大的輪船上,雖然沒有影響,但我們坐在船頭樓上的人,已經覺得過涼了.我們說,天氣也許要有變動;但此時絕不想到一變動而能亙十三天不肯休止,也絕不想到一變動而能使我們從此逛不到南京.許君先爲我稱述這一只"澄平"輪船,是渡船中之最大的,船身也最新,並且說他與澄平的感情最好,他已經知道他每天的開船時刻,凡他渡江一定非乘澄平不可的.但這還不能表示他與澄平爲知己;最妙的是他住在離江八里的浦鎮,而能辨出澄平的叫聲.這是我親自試驗過的,有時我們坐在一起談天,大家都不注意外事,正如在北京時要對準時計,用心聽着午砲,但忽然來了朋友,一談天便能把午砲誤了.而許君處這個當兒,却絕對不會誤過,在大家談興正濃的時候,他能獨自

* * * *

我第一天往浦镇，是在晚上九点余钟。我与许君坐在长江轮渡的二层楼上，看着黑黄醃[1]鸭蛋一般的云彩，东一大块，西又无数小块，任月亮穿梭似的过去，几乎看不出云的本身在动。风呢，打在这么大的轮船上，虽然没有影响，但我们坐在船头楼上的人，已经觉得过凉了。我们说，天气也许要有变动；但此时绝不想到一变动而能亙[2]十三天不肯休止，也绝不想到一变动而能使我们从此逛不到南京。许君先为我称述这一只"澄平"轮船，是渡船中之最大的，船身也最新，并且说他与澄平的感情最好，他已经知道他每天的开船时刻，凡他渡江一定非乘澄平不可的。但这还不能表示他与澄平为知己；最妙的是他住在离江八里的浦镇，而能辨出澄平的叫声。这是我亲自试验过的，有时我们坐在一起谈天，大家都不注意外事，正如在北京时要对准时针，用心听着午炮，但忽然来了朋友，一谈天

[1] 同"腌"。

[2] 同"亘"。

叫出來,"喂,澄平開了!"——不消說,他是知道澄平的開船時刻的,自然要比我們不知道的人容易聽見,但是我們何嘗不知道午砲的時刻,爲什麽一談天便會誤過呢? 况且沿江一帶,輪船火車的叫聲,一天不下數十次,於數十次當中辨出一種特別的聲音,似乎更不容易.這一來而許君對於澄平的濃厚感情便證實了. 許君自己還說,澄平是有生命的,你看他朝着碼頭走去了,而且從來不會走錯.

我們坐在澄平頭上,看見他也如月走雲端一般,乘勢在涼風與月色中飛渡. 在這渡江的十分鐘內,許君還繼續同我講述浦鎮景物,說他們的房子背面臨水,是揚子江的支流,樓上後門以外,有極大的曬臺,雖在盛暑天氣,日光斜過,曬臺上頓若初秋. 前面一帶小山,頂上有韓信將臺,這是浦鎮的唯一古蹟,到浦鎮的人都要上去觀覽的. 待我們到了浦鎮以後,走近樓窗,他們就在朦朧月色的當中,爲我指點說,這就是所謂將臺. 後來一連風雨,非但使我逛不成南京,就是這眼前的將臺,也沒有上山去逛的機會. 等到一天雨霽,我們便能把午炮误了。而许君处这个当儿，却绝对不会误过，在大家谈兴正浓的时候，他能独自叫出来，“喂，澄平开了！”——不消说，他是知道澄平的开船时刻的，自然要比我们不知道的人容易听见，但是我们何尝不知道午炮的时刻，为什么一谈天便会误过呢？况且沿江一带，轮船火车的叫声，一天不下数十次，于数十次当中辨出一种特别的声音，似乎更不容易。这一来而许君对于澄平的浓厚感情便证实了。许君自己还说，澄平是有生命的，你看他朝着码头走去了，而且从来不会走错。

我们坐在澄平头上，看见他也如月走云端一般，乘势在凉风与月色中飞渡。在这渡江的十分钟内，许君还继续同我讲述浦镇景物，说他们的房子背面临水，是扬子江的支流，楼上后门以外，有极大的晒台，虽在盛暑天气，日光斜过，晒台上顿若初秋。前面一带小山，顶上有韩信将台，这是浦镇的唯一古迹，到浦镇的人都要上去观览的。待我们到了浦镇以后，走近楼窗，他们就在朦胧月色的当中，为我指点说，这就是所谓将台。

用人力車彷彿乘舟一般的在滿水的街上斜渡過去,再走到小山頂上的將臺去逛。但是很使我失望。第一他的建築已經有了一點洋氣。這倒也就罷了,誰敢奢望韓信時的房子還能流傳到今日呢?凡屬古蹟一代代的修葺下來,自然一代代的加入新式建築的分子。經過最近的一次修葺,自然不免帶有幾分洋氣了。但是第二件更使我失望的,是沒有一點文字上的證據給我,使我們逛完以後依然不知道究竟這是誰的將臺。將臺是三層,上層因樓梯樓板已被拆毀,不能上去,下層則堆着泥土穢物。我們到的是中層,其間空無所有是不消說,而壁上正中嵌一石碑,是先有了字再鑿去的。近去看時,還能辨出勒石是民國三年,撰文者是柏文蔚。隱隱約約的碑文末句,彷彿"是所望於後之來者!"這使我不解,安徽都督爲什麽要到江蘇的浦鎮來撰一篇碑文?他後來雖遭種種失敗,但爲什麽竟拜韓信將臺中的碑文而亦連帶犯罪?多心的我們,又不免要把這個罪名猜疑到羣衆身上來了。大家你一句我一句的討論,其后来一连风雨，非但使我逛不成南京，就是这眼前的将台，也没有上山去逛的机会。等到一天雨霁，我们用人力车仿佛乘舟一般的在满水的街上斜渡过去，再走到小山顶上的将台去逛。但是很使我失望。第一他的建筑已经有了一点洋气。这倒也就罢了，谁敢奢望韩信时的房子还能流传到今日呢？凡属古迹一代代的修葺下来，自然一代代的加入新式建筑的分子。经过最近的一次修葺，自然不免带有几分洋气了。但是第二件更使我失望的，是没有一点文字上的证据给我，使我们逛完以后依然不知道究竟这是谁的将台。将台是三层，上层因楼梯楼板已被拆毁，不能上去，下层则堆着泥土秽物。我们到的是中层，其间空无所有是不消说，而壁上正中嵌一石碑，是先有了字再凿去的。近去看时，还能辨出勒石是民国三年，撰文者是柏文蔚。隐隐约约的碑文末句，仿佛“是所望於後之来者！”这使我不解，安徽都督为什么要到江苏的浦镇来撰一篇碑文？他后来虽遭种种失败，但为什么竟并韩信将台中的碑文而亦连結果是:一定將臺修好以後,近村遭了水火時疫等災,鄉人便遷怒到修葺將臺動了風水,所以上去搗毀一番,連碑文也給他不留一字.

* * * *

偷得晴天一瞬,我們總算把將臺艸艸逛過了,但是遊興未闌,很願意再找別處. 龔君說,聽說二三里外一個廟裏,供著一具已死和尚的屍身,我們可以去看一遭. 大家都以爲可,龔君一邊走,一邊講他所聞關於這和尚的故事. 這和尚已死十年了,本來葬在一覆一載的兩只缸中,今年他的弟子忽然宣言,他師父給他夢兆,說他的屍身至今未腐,願搬到廟中來享受香火. 弟子遵命掘出坟來,果然面色如生,後來搬入廟中,香客之盛,幾乎舉鎮若狂. 一路說說笑笑,到了寺門,見門上匾額寫著"普利律寺"四字. 入門走到大殿,就在左邊看見供著簇新袍服的金面像. 這時候我心中頓起一種寂寞的畏懼,覺得同去三人還嫌太少. 我出世以來,與死屍同室,雖然也有兩三次,但都是熟人. 現在與一個不相識的老和尚的死屍同在一室,似乎很少經驗,所带犯罪？多心的我们，又不免要把这个罪名猜疑到群众身上来了。大家你一句我一句的讨论，其结果是：一定将台修好以后，近村遭了水火时疫等灾，乡人便迁怒到修葺将台动了风水，所以上去捣毁一番，连碑文也给他不留一字。

* * * *

偷得晴天一瞬，我们总算把将台草草逛过了，但是游兴未阑，很愿意再找别处。龚君说，听说二三里外一个庙里，供着一具已死和尚的尸身，我们可以去看一遭。大家都以为可，龚君一边走，一边讲他所闻关于这和尚的故事。这和尚已死十年了，本来葬在一覆一载的两只缸中，今年他的弟子忽然宣言，他师父给他梦兆，说他的尸身至今未腐，愿搬到庙中来享受香火。弟子遵命掘出坟来，果然面色如生，后来搬入庙中，香客之盛，几乎举镇若狂。一路说说笑笑，到了寺门，见门上匾额写着“普利律寺”四字。入门走到大殿，就在左边看见供着簇新袍服的金面像。这时候我心中顿起一种寂寞的畏惧，觉得同去三人还嫌太以極想壯一壯自己方面的聲勢。凡人到畏懼時,一定要想到同類,我少年時候最喜聽人講鬼怪,講完後又怕走夜路回家,夜深人靜,街上寂然無聲,只聽得自己衣袋裏滴滴的表聲,我這時候心中暗想道,人類的知識,已經到了能製造表的程度,難道還怕鬼嗎? 防鬼來侵時纔想到人類了! 我在大殿門口站着,又把心來一定,想道,他或者還有氣味罷,我雖然去掉畏懼,也似乎不該近前。但是又怎肯不看呢,大家走近前去,細細的看了:金色面孔,稍微歪着;眉間眼際,似乎有點模胡;眼睛又緊閉着。這明明告訴我是個風乾的死屍。再向四旁一看,神龕右邊,放著原來的兩隻水缸,而神龕前面則釘著許多簇新的匾額,具名的多是弟子陸軍中尉陸軍少尉,下面又攢着許多名字。我很奇怪,爲什麼殺人不怕血腥氣的軍官,竟肯到老和尙的死屍面前來稱弟子。許君說,然則你承認他一定是眞的死屍了。我說是。他說,"要是春臺在這里,一定還有許多懷疑,許多假設,態度决不像你這樣獨斷。"他的意思是想因我們的一去而能發見這不是眞的少。我出世以来，与死尸同室，虽然也有两三次，但都是熟人。现在与一个不相识的老和尚的死尸同在一室，似乎很少经验，所以极想壮一壮自己方面的声势。凡人到畏惧时，一定要想到同类，我少年时候最喜听人讲鬼怪，讲完后又怕走夜路回家，夜深人静，街上寂然无声，只听得自己衣袋里滴滴的表声，我这时候心中暗想道，人类的知识,已经到了能够造表的程度,难道还怕鬼吗?防鬼来侵时才想到人类了！我在大殿门口站着，又把心来一定，想道，他或者还有气味罢，我虽然去掉畏惧，也似乎不该近前。但是又怎肯不看呢，大家走近前去，细细的看了：金色面孔，稍微歪着;眉间眼际,似乎有点模糊;眼睛又紧闭着。这明明告诉我是个风干的死尸。再向四旁一看，神龛右边，放着原来的两只水缸，而神龛前面则钉着许多簇新的匾额，具名的多是弟子陆军中尉陆军少尉，下面又攒着许多名字。我很奇怪，为什么杀人不怕血腥气的军官，竟肯到老和尚的死尸面前来称弟子。许君说，然则你承认他一定是死屍. 後來我說,"事實不必懷疑,何必定要懷疑. 你只要看他的微歪的頭,旁邊的缸,緊閉的眼睛,便可以證明是真的了. 你如不信,可以用浦鎮人民的知識程度做担保,他們這樣的智識,要他們去抬一個死屍來到廟裏供著,並不算得什麼一回事." 但是,軍官上匾的問題,總不能解決. 我想,這或者完全是老和尚弟子的欺詐手段:他想藉著師父的死屍騙錢,恐怕別人不信,所以去弄了一班軍官來撑場面. 這個假設我自以爲並不是,沒有幾分道理,不過太把軍官與弟子都看作聰明的壞人了. 或者他們的蠢笨,還使他們壞不到如此呢.

浦鎮是屬江浦縣的,本身並不是縣,但也有城,彷彿從前是一個營寨. 我曾到過一趟城裏,看見東門市頗形熱鬧,其餘都是泥房艸舍,與鄉下一式. 我所最不安於心的,是他們住在這樣的泥房艸舍裏,幾乎連生活必需的供給都還沒有充分,却也與都市中的人同樣下流,終日玩骨牌過活. 我凡走到這些地方,一定要想到我們的先民,常常把這些人與堯真的死尸了。我说是。他说，“要是春台在这里，一定还有许多怀疑，许多假设，态度决不像你运样独断。”他的意思是想因我们的一去而能发见这不是真的死尸。后来我说，“事实不必怀疑，何必定要怀疑。你只要看他的微歪的头，旁边的缸，紧闭的眼睛，便可以证明是真的了。你如不信，可以用浦镇人民的知识程度做担保，他们这样的智识，要他们去抬一个死尸来到庙里供着，并不算得什么一回事。”但是，军官上匾的问题，总不能解决。我想，这或者完全是老和尚弟子的欺诈手段，他想藉着师父的死尸骗钱，恐怕别人不信，所以去弄了一班军官来撑场面。这个假设我自以为并不是，没有几分道理，不过太把军官与弟子都看作聪明的坏人了。或者他们的蠢笨，还使他们坏不到如此呢。

浦镇是属江浦县的，本身并不是县，但也有城，仿佛从前是一个营寨。我曾到过一趟城里，看见东门市颇形热闹，其余都是泥房草舍，与乡下一式。我所最不安于心的，是他们住在这样的泥房草舍里，舜來比。我覺得堯舜與堯舜以前的人，也與他們一樣，是人類的萌芽。但我很奇怪，堯舜何以能有堯典舜典傳下來，却從來不聽見有堯賭舜賭，堯煙舜煙傳下來呢？現在他們既然還做不出堯典舜典，何以居然能玩這種複雜的賭博呢？此時我不禁發生一種奇想，以爲我們的野蠻的先民之爲人類的萌芽，是猶植物之三四月的萌芽，現在野蠻人之爲人類的萌芽，却是八九月的萌芽。成熟的果子已經正在收穫了，碧綠的萌芽或者也只配出來經一番霜雪，然後毫無收成的再從來處去罷了。難道今日之世運，眞如一年的秋冬，老先生們所謂末世嗎？這就引到凡是落後的生物能否進化的問題了。但我以爲先進的人們，無論如何總應該盡力，幫助這些要從來處去的人們，——無論他們在那里想從來處去。

浦鎮的十三日，雖然在我覺得像過了十三年一般，但也是這麼一天天的過去了。到十二三天頭上，我半夜醒來，捫心自問，"我是做人的人嗎？要做人的人不應該候車十三几乎连生活必需的供给都还没有充分，却也与都市中的人同样下流，终日玩骨牌过活。我凡走到这些地方，一定要想到我们的先民，常常把这些人与尧舜来比。我觉得尧舜与尧舜以前的人，也与他们一样，是人类的萌芽。但我很奇怪，尧舜何以能有尧典舜典传下来，却从来不听见有尧赌舜赌，尧烟舜烟传下来呢？现在他们既然还做不出尧典舜典，何以居然能玩这种复杂的赌博呢？此时我不禁发生一种奇想，以为我们的野蛮的先民之为人类的萌芽，是犹植物之三四月的萌芽，现在野蛮人之为人类的萌芽，却是八九月的萌芽。成熟的果子已经正在收获了，碧绿的萌芽或者也只配出来经一番霜雪，然后毫无收成的再从来处去罢了。难道今日之世道，真如一年的秋冬，老先生们所谓末世吗？这就引到凡是落后的生物能否进化的问题了。但我以为先进的人们，无论如何总应该尽力，帮助这些要从来处去的人们，——无论他们在那里想从来处去。

浦镇的十三日，虽然在我觉得像过了十三年一般，但也是这么一天天的过去了。到十二三天日而不想别的法子!"於是不管晴雨,把九月二日的行期來决定了。這一天早上,天還沒有亮,室內的鐘聲,戶外的蟲聲,都低低的把我叫醒,七點鐘上津浦車來京了。但是我的心中,從此有一個模模糊糊的浦鎮,時常要湧現起來。

头上，我半夜醒来，扪心自问，“我是做人的人吗？要做人的人不应该候车十三日而不想别的法子！”于是不管晴雨，把九月二日的行期来决定了。这一天早上，天还没有亮，室内的钟声，户外的虫声，都低低的把我叫醒，七点钟上津浦车来京了。但是我的心中，从此有一个模模糊糊的浦镇，时常要涌现起来。

# VII.

## 傻 子.

我旣"到家了",一下車便跑到學堂;別來無恙,我心大慰了. 我在學堂接收了許多積下的信件,正打算要按著日期一封封的去看,忽然在學堂旁邊,看見迎面站著一個新開的澡堂;這是我南行以前所沒有的,今天彷彿等著爲我洗塵,我便也不客氣的踏了進去.

在澡堂裏,我先把信件艸艸的看完了,然後開始洗澡. 喂,窗外無端的送來一種什麽聲音,陡然把我引到兩年前的舊世界去了.影片一般的,那舊世界幰幰的在眼前過去,迷迷朦朦看見他那片上的中心人物——"傻子".

冬天的深夜,大學近旁,東一簇西一顆的,窄地裏散布著燈火,遠望去如星星一般,彷彿正在等待東方的發白. 每一顆星星都會發出叫聲,隱隱約約的又可辨得出來,是:落花生,水菓糖,硬麵餑餑....

石油燈底下,伏案讀書太疲倦了,我硬拉

## Ⅶ.

# 傻　子

我既“到家了”，一下车便跑到学堂；别来无恙，我心大慰了。我在学堂接收了许多积下的信件，正打算要按着日期一封封的去看，忽然在学堂旁边，看见迎面站着一个新开的澡堂；这是我南行以前所没有的，今天仿佛等着为我洗尘，我便也不客气的踏了进去。

在澡堂里，我先把信件草草的看完了，然后开始洗澡。喂，窗外无端的送来一种什么声音，陡然把我引到两年前的旧世界去了。影片一般的，那旧世界辘辘的在眼前过去，迷迷朦朦看见他那片上的中心人物——“傻子”。

冬天的深夜，大学近旁，东一簇西一颗的，雪地里散布着灯火，远望去如星星一般，仿佛正在等待东方的发白。每一颗星星都会发出叫声，隐隐约约的又可辨得出来，是：落花生，水果糖，硬面饽饽……

著我的兄弟出來閒走."夜深了,可以不去了!"這是他常常用來拒絕我的,但結果還是出來.這時的空氣,雖然是在霜雪中濾過的,寒冷自不消說,但或者也因爲是在霜雪中濾過的,所以特別新鮮.我們一邊走,一邊談天,不知不覺的闖入星叢裏買點心.買了以後,手中一年東西,便只能回去了.走到我兄弟的書房裏,合起書本,攤開點心,石油燈底下又另開談天的一幕.這一幕每每是很長的,那天自然也依舊,我直到一二點鐘後纔回去.

第二天早上,我倉忙起來,覺得缺少了一件東西,走到我兄弟那裏去問:"我昨晚把錢票夾落在你這里沒有?"他說沒有.我說那一定是掉在糖菓挑裏了.但是,我們怎麼知道這挑兒不點燈的時候是在什麼地方呢?同樣,他又怎麼知道我們不買點心的時候是在什麼地方呢?我要去找既無從找起,他要來還是無從還起了.

我兄弟說,"不是你昨天問他住在那裏,他說在三眼井嗎?"我也隱約的記起來了.我說我們不如到三眼井去問一遭.一邊走,石油灯底下，伏案读书太疲倦了，我硬拉着我的兄弟出来闲走。“夜深了，可以不去了！”这是他常常用来拒绝我的，但结果还是出来。这时的空气，虽然是在霜雪中滤过的，寒冷自不消说，但或者也因为是在霜雪中滤过的，所以特别新鲜。我们一边走，一边谈天，不知不觉的闯入星丛里买点心。买了以后，手中一拿东西，便只能回去了。走到我兄弟的书房里，合起书本，摊开点心，石油灯底下又另开谈天的一幕。这一幕每每是很长的，那天自然也依旧，我直到一二点钟后才回去。

第二天早上，我仓忙起来，觉得缺少了一件东西，走到我兄弟那里去问：“我昨晚把钱票夹落在你这里没有？”他说没有。我说那一定是掉在糖果挑里了。但是，我们怎么知道这挑儿不点灯的时候是在什么地方呢？同样，他又怎么知道我们不买点心的时候是在什么地方呢？我要去找既无从找起，他要来还是无从还起了。

我兄弟说，“不是你昨天问他住在那里，他说在三眼井吗？”我也隐约的记起来了。我说我们不我們一邊談笑,心想無論找得着找不着錢票來,去訪問一個賣糖菓的總是一件有意思的事. 待到了三眼井,一問而知,凡是賣糖菓的全住在一個廟裏. 我們便走到廟裏去問. 這可令人奇怪了,原來廟裏有這麼大的一個社會. 談論的,打架的,自己收拾衣服或用具的,不知有多少人. 在這麼大的人羣裏,我們便訪問大學旁邊擺攤的是那一位. 他們都說,"在後進屋裏,王大的兄弟——傻子!"

我們又走到後進. 他們正要團坐起來吃飯,是新蒸好的黃色的一大塊一大塊的東西,熱氣騰騰的正端了出來. 我們問在大學面前擺攤的是那一位,他們都指着傻子說是他. 我們又問,我們昨晚買東西的時候落了錢包沒有. 他一聲也不響,臉上也一點沒有什麼表情. 旁人說,大家可以到挑兒上去看一看,傻子也許不留心,還放在挑兒裏,挑兒此刻擱在大殿裏呢.

我們走到大殿,呵,這眞叫我們驚異了,大殿裏一排一排的滿放著一樣的糖菓挑兒,約莫有二百個內外. 這彷彿年幼時夏天玩絡如到三眼井去问一遭。一边走，我们一边谈笑，心想无论找得着找不着钱票夹，去访问一个卖糖果的总是一件有意思的事。待到了三眼井，一问而知，凡是卖糖果的全住在一个庙里。我们便走到庙里去问。这可令人奇怪了，原来庙里有这么大的一个社会。谈论的，打架的，自己收拾衣服或用具的，不知有多少人。在这么大的人群里，我们便访问大学旁边摆摊的是那一位。他们都说，“在后进屋里，王大的兄弟——傻子！”

我们又走到后进。他们正要围坐起来吃饭，是新蒸好的黄色的一大块一大块的东西，热气腾腾的正端了出来。我们问在大学面前摆摊的是那一位，他们都指着傻子说是他。我们又问，我们昨晚买东西的时候落了钱包没有。他一声也不响，脸上也一点没有什么表情。旁人说，大家可以到挑儿上去看一看，傻子也许不留心，还放在挑儿里，挑儿此刻搁在大殿里呢。

我们走到大殿，呵，这真叫我们惊异了，大殿里一排一排的满放着一样的糖果挑儿，约莫有二百个内外。这仿佛年幼时夏天玩络纬虫，家中只养着絡緯蟲,家中只養著一個,忽然在街上賣絡緯的挑兒上看見,幾十個小籠兒都關著絡緯,令人感得一種說不出的快樂和驚異. 但是傻子將他挑兒用布蓋著的,挑兒翻起來,我們只看見昨晚賣剩的水菓糖落花生一類的東西,並不見有皮夾,我們因爲要上課,便匆匆回家了.

我走到房裏,整理書籍打算上課去了! 唉! 我這鹵莽人,原來皮夾就放在書下. 我們都覺得無端到傻子的挑兒上彷彿像搜檢一般的去看,總是萬分難過. 後來大家說通了,傻子也毫不爲意. 只是從此看見糖菓挑兒,聽見糖菓的叫聲,一定要想起傻子.

從澡堂的窗門裏進來的聲音,今日又引起我心中的傻子了.

不知不覺的洗澡完了,一路的風景也於此結果了,猛然記起品青還等著我呢,遂匆匆出門,從此開端再過我的北京生活.

(一九二〇年九月.)

一个，忽然在街上卖络纬的挑儿上看见，几十个小笼儿都关着络纬，令人感得一种说不出的快乐和惊异。但是傻子将他挑儿用布盖着的，挑儿翻起来，我们只看见昨晚卖剩的水果糖落花生一类的东西，并不见有皮夹，我们因为要上课，便匆匆回家了。

我走到房里，整理书籍打算上课去了！唉！我这卤莽[1]人，原来皮夹就放在书下。我们都觉得无端到傻子的挑儿上仿佛像搜检一般的去看，总是万分难过。后来大家说通了，傻子也毫不为意。只是从此看见糖果挑儿，听见糖果的叫[2]声，一定要想起傻子。

从澡堂的窗门里进来的声音，今日又引起我心中的傻子了。

不知不觉的洗澡完了，一路的风景也于此结果了，猛然记起品青还等着我呢，遂匆匆出门，从此开端再过我的北京生活。

一九二〇年九月

[1] 也作“鲁莽”。

[2] 同“叫”。

# 从北京到北京

## ——两星期旅行中的小杂感

# 從北京到北京

## ——兩星期旅行中的小雜感——

### 一

旅行是讀活書,是讀不用自己動手,而能一頁一頁的翻了過去,幷把一部分重要的處所已用紅線勾了出來的活書。讀死書的只要有精神上的準備就夠了,身體的無論如何孱弱,於讀書可以毫無阻礙。讀活書却不然。身體上稍有不健全,便感受不起旅行中的種種知識,任他風馳電掣般的活書一頁一頁的翻着過去,讀書者只覺得反而增加頭昏目眩罷了。這一層我在南行雜記上也已提及。中國人平素對於飲食,男女,作息,起居等等,大率毫無節度,且莫論——且任荷什麼大任,只小小的作一次旅行,也就十分表示出担當不起

# 一

旅行是读活书，是读不用自己动手，而能一页一页的翻了过去，并把一部分重要的处所已用红线勾了出来的活书。读死书的只要有精神上的准备就够了，身体的无论如何孱弱，于读书可以毫无阻碍。读活书却不然。身体上稍有不健全，便感受不起旅行中的种种知识，任他风驰电掣般的活书一页一页的翻着过去，读书者只觉得反而增加头昏目眩罢了。这一层我在南行杂记上也已提及。中国人平素对于饮食，男女，作息，起居等等，大率毫无节度，且莫论一旦仔肩什么大任，只小小的作一次旅行，也就十分表示出担当不起的样子，像一条煮熟了的白的樣子,像一條煮熟了的白魚,懶得連眼珠都不能轉一轉。我從這次赴濟南中華教育改進社年會并遊泰山曲阜的兩星期旅行中,更覺得這種情况非常普遍,而我們的這身軀,實在是一文也不值了。

## 二

這回遇見許多從前不曾見過的人物,其中有幾位給我極深刻的印象。一位是陳君頌平。我以爲只有他,在這幾百人的大集合中,可以算作我第一節中所說的例外。他自己說,從出生以至三十,差不多無時不在疾病纏繞的當中。三十以後,漸知考究西洋衛生的方法,一面探討,一面實行,現在五十二歲,這二十年來,精神身體兩方面,健康的程度只是有增無減。二十年前的老朋友,看見他幾乎不認得他了:身體的孱弱與壯健,是顯然不必說的;因身體而影響及于精神,于是從前萎靡者而今振作了,從前悲觀者而今樂觀了,從前踟躕不前者而今希求進步了。他不像我們這些不知自愛的少年,因爲事忙的緣故,每天的睡眠的時間,可以通融减少到兩三小時。

鱼，懒得连眼珠都不能转一转。我从这次赴济南中华教育改进社年会并游泰山曲阜的两星期旅行中，更觉得这种情况非常普遍，而我们的这身躯，实在是一文也不值了。

## 二

这回遇见许多从前不曾见过的人物，其中有几位给我极深刻的印象，一位是陈君颂平。我以为只有他，在这几百人的大集合中，可以算作我第一节中所说的例外。他自己说，从出生以至三十，差不多无时不在疾病缠绕的当中。三十以后，渐知考究西洋卫生的方法，一面探讨，一面实行，现在五十二岁，这二十年来，精神身体两方面，健康的程度只是有增无减。二十年前的老朋友，看见他几乎不认得他了：身体的孱弱与壮健，是显然不必说的；因身体而影响及于精神，于是从前萎靡者而今振作了，从前悲观者而今乐观了，从前踟蹰不前者而今希求进步了。他不像我们这些不知自爱的少年，我們這種荒謬的行爲,是斷斷不足以爲訓的。他雖在旅行中,依舊不改規律的生活,每晚十時許一定睡了,每早五時許一定起身,起身便卽用冷水洗澡。對于會務,他也提出議案,也發抒意見;全體大會,講演大會,也多半參與。會務以外,應該游覽的幾處古蹟,風景,名勝,也都到了。他能把自已的身體與事業看得一樣的重要。這件事,說來雖然容易,實行却是極爲難的。你看:許多人因爲把事業看得太重,辛辛苦苦的奔走半生死去了,丟着些未了的事業讓後人來幹;許多人因爲把身體看得太重,對于什麼事都存一個觀望的態度,又未免近于自私了;還有許多人對於身體與事業的輕重,終生辨別不淸楚,於是乎顚連一世,百事無成了。能操持這兩方面的平衡,使不生倚輕倚重的弊病者,我從前不多見,這位陳先生其庶幾了罷。

陳先生與我談話的中間,很留著些他對于各方面的意見。他看着火車兩旁濯濯的山頭,起了非常的感慨,以爲如果這些地方在日本人手中,不出十年,一定將樹木栽的蔚然因为事忙的缘故，每天的睡眠的时间，可以通融减少到两三小时。我们这种荒谬的行为，是断断不足以为训的。他虽在旅行中，依旧不改规律的生活，每晚十时许一定睡了，每早五时许一定起身，起身便即用冷水洗澡。对于会务，他也提出议案，也发抒意见；全体大会，讲演大会，也多半参与。会务以外，应该游览的几处古迹，风景，名胜，也都到了。他能把自己的身体与事业看得一样的重要。这件事，说来虽然容易，实行却是极为难的。你看：许多人因为把事业看得太重，辛辛苦苦的奔走半生死去了，丢着些未了的事业让后人来干；许多人因为把身体看得太重，对于什么事都存一个观望的态度，又未免近于自私了；还有许多人对于身体与事业的轻重，终生辨别不清楚，于是乎颠连一世，百事无成了。能操持这两方面的平衡，使不生倚轻倚重的弊病者，我从前不多见，这位陈先生其庶几了罢。

陈先生与我谈话的中间，很留着些他对于各方面的意见。他看着火车两旁濯濯的山头，起了非常可觀了;朝鮮就是一個很好的例。他幷說,積極的造林,似乎不及消極的防止較爲重要。森林警察是應該與造林同時舉辦的,森林中須禁止採伐樹木,尤宜禁止牛羊上山,這些都是森林警察的職務。

他又提出二件事徵求我的意見。一件是學界公辦一個避暑的場所。地點以山東蓬萊爲最相宜,一則可以洗海水浴,二則可以看海市。此外或者青島,或者煙台,均無不可。中國國內幾個避暑的地方,如北戴河,莫干山,廬山,都是外國人經營的。中國人並不是不可以去,不過一般學界中人,其生活的程度,決不能與他們那些外國的闊人大老抗衡。一則我們自己舉辦,設備但求清潔,儘不妨稍微樸素,用費以普通學界中人所能担任者爲合度。苦學生或連這一點低廉的用費也不能負担,則避暑場所裏需要各項工作,他們儘可每日去作工一二小時,博得暑假中的低廉生活費。這件事如果由中華教育改進社舉辦,似乎更爲相宜。

還有一件事是關於精神生活方面的。

的感慨，以为如果这些地方在日本人手中，不出十年，一定将树木栽的蔚然可观了，朝鲜就是一个很好的例。他并说，积极的造林，似乎不及消极的防止较为重要。森林警察是应该与造林同时举办的，森林中须禁止采伐固矣，尤须禁止牛羊上山，这些都是森林警察的职务。

他又提出二件事征求我的意思。一件是学界公办一个避暑的场所。地点以山东蓬莱为最相宜，一则可以洗海水浴，二则可以看海市。此外或者青岛，或者烟台，均无不可。中国国内几个避暑的地方，如北戴河，莫干山，庐山，都是外国人经营的，中国人并不是不可以去，不过一般学界中人，其生活的程度，决不能与他们那些外国的阔人大老抗衡。一旦我们自己举办，设备但求清洁，尽不妨稍微朴素，用费以普通学界中人所能担任者为合度。苦学生或连这一点低廉的用费也不能负担，则避暑场所，很需要各项工作，他们尽可每日去作工一二小时，博得暑假中的低廉生活费。这件事，如果由中华教育改进社举办，似乎更属相宜。

中國人的信仰是什麽？這個問題,在大嚷非宗教同盟的時候,似乎也有人連帶提及。我覺得中國人的信仰有數千數萬種,而一旦横加暴力,則無論那一種信仰都可以頃刻摧破,所以中國人或者可以說是還够不上有信仰,或者可以說是只有一點兒風雨飄摇中的信仰。陳先生説,岱廟中拖着長鬚穿着黑袍的老道,秦始皇就上了他們的當,歷代相信封禪的帝王也就上了他們的當,他們在思想界中是着實占一部分勢力過的,但是現在只替人拿鑰匙開大殿的門了。孔子的勢力,在過去時代也並不小,現在却頽敗到這樣了。一般人誰還奉行孔子之道！所以過去的勢力,從前很維繫過人心的,現在早已過去了。現在的需要,是在思想界中建造一個共通的道德的目標。這個目標不是一二個人所能議定的,但是我們至少可以先定一二個基本條件,例如誠實,就是凡人决不該欺騙别人,也决不該受人欺騙。這種道德上的集會,倘能兼辦物質上的事業,其勢力擴大時,可以使全國人的道德生活受一番新鮮的洗刷。

还有一件事是关于精神生活方面的。中国人的信仰是什么？这个问题，在大嚷非宗教同盟的时候，似乎也有人连带提及。我觉得中国人的信仰有数千数万种，而一旦横加暴力，则无论那一种信仰都可以顷刻摧破，所以中国人或者可以说是还够不上有信仰，或者可以说是只有一点儿风雨飘摇中的信仰。陈先生说，岱庙中拖着长发穿着黑袍的老道，秦始皇就上了他们的当，历代相信封禅的帝王也就上了他们的当，他们在思想界中是着实占一部分势力过的，但是现在只替人拿钥匙开大殿的门了。孔子的势力，在过去时代也并不小，现在却颓败到这样了。一般人谁还奉孔子之道！所以过去的势力，从前很难维系过人心的，现在早已过去了。现在的需要，是在思想界中建造一个共通的道德的目标。这个目标不是一二个人所能议定的，但是我们至少可以先定一二个基本条件，例如诚实，就是凡人决不该欺骗别人，也决不该受人欺骗。这种道德上的集会，倘能兼办物质上的事业，其势力扩大时，可以使全国人的道德生活受一番新鲜的洗刷。

陳先生對于極瑣小的事也能悉心體會.他嘗同我說,有許多專門的學問,在專門學校的課程中,儘有略而不全的.他因爲耳鳴,曾遍訪各醫生,多數是醫專畢業的,都說不出所以然.後來同一位日本醫生談起,知道用銅管從鼻孔中通氣,只是治標的方法;最好是用鹽水洗鼻管,鼻管全愈,空氣流入,與耳朵方面氣壓平均,耳中自然沒有鳴聲了.

陳先生給我的印象很深,所以郎他的一言一動,也使我非常注意.他的精神,比我們好得多多,我們同遊泰山曲阜以後,他還餘勇可賈,又獨自逛青島去了.

三

還有一位給我印象很深的是田君中玉.他是山東的督軍兼省長.據平常的經驗,凡是大官,多半是討人厭的.一則因爲他們在一呼百諾的舒服生活中過慣了,平素誰也不敢冒犯他們,于是逐漸養成一種病態的心理,以爲只有他的主張是對的,別人的主張都是不對的.大官又好說官話,模稜兩可,似是而非,初聽好像是說一段正經話,待按實下去,纔陈先生对于极琐小的事也能悉心体会。他尝同我说，有许多专门的学问，在专门学校的课程中，尽有略而不全的。他因为耳鸣，曾遍访各医生，多数是医专毕业的，都说不出所以然。后来同一位日本医生谈起，知道用铜管从鼻孔中通气，只是治标的方法；最好是用盐水洗鼻管，鼻管全愈，空气流入，与耳朵方面气压平均，耳中自然没有鸣声了。

陈先生给我的印象很深，所以即他的一言一动，也使我非常注意。他的精神，比我们好得多多，我们同游泰山曲阜以后，他还余勇可贾，又独自逛青岛去了。

## 三

还有一位给我印象很深的是田君中玉。他是山东的督军兼省长。据平常的经验，凡是大官，多半是讨人厌的。一则因为他们在一呼百诺的舒服生活中过惯了，平素谁也不敢冒犯他们，于是逐渐养成一种病态的心理，以为只有他的主张是对的，别人知道其中毫無主意,只是把許多好聽的名詞,用許多圓熟的調子,連綴在一處就是了.

但我從他的兩篇演說中,看出田中玉卻毫沒有這些討人厭的處所.我第一次聽他的演說,是在中華教育改進社開幕禮的會場上.當全國教育專家數百人之面,要來談論教育,田中玉也知是不可能的,所以他說了許多眞心眞意的謙虛話.他說:

> 我是一個武夫,平常很少機會與國中大文學家(記者原註:此文學家想係文人或教育家之意)會面,所以對教育可謂毫不明白;但我這個不明白教育的外行人,對于教育也有一點兒外行的意見,要提出來向諸大教育家說一說.說對了,就算對了;說不對,還請諸君原諒我一個鹵莽的軍人,當作沒有說就算了.

以下就提出他的意見:減少教員與學生間的障壁,增加教員與學生的親愛."大多數的學生是很好的,但少數淘氣的學生,也不是沒有;他們說先生是出錢僱來的,用不著敬愛.而在先生一方面,以爲學生既不敬愛他們,他們的主张都是不对的。大官又好说官话，模棱两可，似是而非，初听好像是说一段正经话，待按实下去，才知道其中毫无主意，只是把许多好听的名词，用许多圆熟的调子，连缀在一处就是了。

但我从他的两篇演说中，看出田中玉却毫没有这些讨人厌的处所。我第一次听他的演说，是在中华教育改进社开幕礼的会场上。当全国教育专家数百人之面，要来谈论教育，田中玉也知是不可能的，所以他说了许多真心真意的谦虚话。他说：

> 我是一个武夫，平常很少机会与国中大文学家（记者原注：此文学家想系文人或教育家之意）会面，所以对教育可谓毫不明白；但我这个不明白教育的外行人，对于教育也有一点儿外行的意见，要提出来向诸大教育家说一说。说对了，就算对了；说不对，还请诸君原谅我一个卤莽的军人，当作没有说就算了。

以下就提出他的意见：减少教员与学生间的障壁，增加教员与学生的亲爱。“大多数的学生是很好的，但少数淘气的学生，也不是没有；他们说先也只要按月,按星期,按點鐘算薪水就得,把學生的學業一點不放在心上了."這是他這個"外行人"對于教育的"外行意見". 以下他又要謙虛了:

所以我今天特別提出來請諸君研究----不,我這種淺薄的意見也說不上勞諸君的研究,只是希望諸君知道有這麼一個意見就是了.

他自己說今年五十三歲了,十幾歲時也受過舊式教育,那時的學生生活是很苦的,先生還要責手心,那裏像現在的可以自由發展."教育方法應隨時代而變遷,數千年前科學沒有發明時的教育方法,對于現代的不相宜,正如衣服的不合時宜一樣,如果在今天這種炎熱的氣候,有人穿起皮袍子來,一定要鬧亂子了."

他還有一篇在全國農業討論會的演說.

他因爲黃任之先生一再替他宣布他非但主張裁兵并且早已實行裁兵,所以不得不將當時實現敘述一下,"其實也算不得一回事的,黃先生未免過獎了."

我向來從軍時多,爲學日少,近二三

生是出钱雇来的，用不着敬爱。而在先生一方面，以为学生既不敬爱他们，他们也只要按月，按星期，按点钟算薪水就得，把学生的学业一点不放在心上了。”这是他这个“外行人”对于教育的“外行意见”。以下他又要谦虚了：

所以我今天特别提出来请诸君研究——不，我这种浅薄的意见也说不上劳诸君的研究，只是希望诸君知道有这么一个意见就是了。

他自己说今年五十三岁了，十几岁时也受过旧式教育，那时的学生生活是很苦的，先生还要责手心，那里像现在的可以自由发展。“教育方法应随时代而变迁，数千年前科学没有发明时的教育方法，对于现代的不相宜，正如衣服的不合时宜一样，如果在今天这种炎热的气候，有人穿起皮袍子来，一定要闹乱子了。”

他还有一篇在全国农业讨论会的演说。

他因为黄任之先生一再替他宣布他非但主张裁兵并且早已实行裁兵，所以不得不将当时实况叙述一下，“其实也算不得一回事的，黄先生未年不在軍營,間或聽人演講,始對于學問稍有一知半解的見識,什麼事就容易弄糟.好在我今天所講,只是些斷片的過去事實,無關於學問.察哈爾大地數千里,絕少水草樹木,間有一樹之地,土人即以"一顆樹"爲地名.種植之事,多少年來,無人講究.我那時辦"屯墾隊",並沒有含着什麼高深學理,只是在舊書中剽取了一點移民實邊和寓兵於農的舊觀念.我也並沒有化兵爲農的意思,身在軍營當然以兵爲重,故仍用屯墾隊這個名目,并不專事墾牧.當時我在東三省徐東海手下當差事,大約的計劃了一下,後來周少樸巡撫吉林,繼續辦理,然無大效,前安徽督軍倪嗣冲甚至於因此革職永不敍用.現在我將這已經過去了的屯墾隊大略說一說.屯墾隊每隊百人,槍一百桿,選定以後,叫他們向北自由領地,不過地愈北而內地人愈少,赤塔以北竟沒有人敢再上去了.兵必須都有家眷,所以更非有大資本不可.照我當年,免过誉了。”

我向来从军时多，为学日少，近二三年不在军营，间或听人演讲，始对于学问稍有一知半解的见识，什么事就容易弄糟。好在我今天所讲，只是些断片的过去事实，无关于学问。察哈尔大地数千里，绝少水草树木，间有一树之地，土人即以“一颗树”为地名。种植之事，多少年来，无人讲究。我那时办“屯垦队”，并没有含着什么高深学理，只是在旧书中剽取了一点移民实边和寓兵于农的旧观念。我也并没有化兵为农的意思，身在军营当然以兵为重，故仍用屯垦队这个名目，并不专事垦牧。当时我在东三省徐东海手下当差事，大约的计划了一下，后来周少樸巡抚吉林，继续办理，然无大效，前安徽督军倪嗣冲甚至于因此革职永不叙用。现在我将这已经过去了的屯垦队大略说一说。屯垦队每队百人，枪一百杆，选定以后，叫他们向北自由领地。不过地愈北而内地人愈少，赤塔以北竟没有人敢再上去了。兵必须都辦理的情形,房子是給他們起好的,每兵領兩間,目領三間;房子旁邊鑿井,四面則留爲空地,旣可種植,又可操練。皮衣是四季不能免的,也要給他們置辦好。但是我辦理時間太短,統共不過二年餘,已辦成的只有三隊。當時的制度,在現在看來,似乎太嚴了一點。我把他們的精神力氣,都當作我自己的那樣計算,每天規定的作工時間是十一小時,所以結果他們太勞乏了。如果現在再要辦理起來,經費似乎應該稍微增加一點,大約從前辦三隊的錢,現在只能辦二隊,每隊的經費約計二萬五千元乃至三萬元。那時我還與鐵路上辦好交涉,車費可以打點折扣。其餘小節,此刻也不便多說,諸君如要舉辦,我可以將當時的圖樣及計畫書等件找出來,或者可以供諸位的參考。不過人的脾氣都是一樣,失敗的事,一提起來,就要傷心,所以那些圖樣之類,三年來竟不曾重行翻閱。至於我對於農業,全是外行,但關於肥料,我要講一段有家眷，所以更非有大资本不可。照我当年，办理的情形，房子是给他们起好的，每兵领两间，目领三间；房子旁边凿井，四面则留为空地，既可种植，又可操练。皮衣是四季不能免的，也要给他们置办好。但是我办理时间太短，统共不过二年余，已办成的只有三队。当时的制度，在现在看来，似乎太严了一点。我把他们的精神力气，都当作我自己的那样计算，每天规定的作工时间是十一小时，所以结果他们太劳乏了。如果现在再要办理起来，经费似乎应该稍微增加一点，大约从前办三队的钱，现在只能办二队，每队的经费约计二万五千元乃至三万元。那时我还与铁路上办好交涉，车费可以打点折扣。其余小节，此刻也不便多说，诸君如要举办，我可以将当时的图样及计划书等件找出来，或者可以供诸位的参考。不过人的脾气都是一样，失败的事，一提起来，就要伤心，所以那些图样之类，三年来竟不曾重行翻阅。至于我对于农业，全是外行，但关于肥故事,諸君或可以當作笑話聽. 從前東三省有個農事試驗場,講究肥料,說要美國什麼省所出什麼顏色的牛的牛糞纔能合用,那時的勸業道乃特派人員往美國購買,聽說雖然路上死了幾頭,但多數眞是運到東三省的. 這種故事聽去似乎可笑,但是無論爲學,無論辦事,我以爲必要有一點這種獃氣. 有的是不自覺,有的是明知道的,但是事業的成功,比那些自以爲沒有獃氣的聰明人都要特別偉大.

統篇都是切切實實的敍述,沒有一句浮泛話,也沒有一句乖謬的議論. 這種清楚的講演,我以爲就在他所視爲"大文學家"的當中,也並不多見. 平常的看法必以爲讀書人總該比不讀書的人明白,但我覺得這件事毫無把握. 聚一百個不讀過書的人於一處,仔細考驗起來,當中不會連一個明白人也沒有罷. 而一百個讀書人當中,求其明白者恐也不過一人. 如果把讀書的意義擴充一點,當作受教育講,當作研究學問,經歷世務講,那麼他的料，我要讲一段故事，诸君或可以当作笑话听。从前东三省有个农事试验场，讲究肥料，说要美国什么省所出什么颜色的牛的牛粪才能合用，那时的劝业道乃特派人员往美国购买，听说虽然路上死了几头，但多数真是运到东三省的。这种故事听去似乎可笑，但是无论为学，无论办事，我以为必要有一点这种獃[1]气。有的是不自觉，有的是明知道的，但是事业的成功，比那些自以为没有獃气的聪明人都要特别伟大。

统篇都是切切实实的叙述，没有一句浮泛话，也没有一句乖谬的议论。这种清楚的讲演，我以为就在他所视为“大文学家”的当中，也并不多见。平常的看法必以为读书人总该比不读书的人明白，但我觉得这件事毫无把握。聚一百个不读过书的人于一处，仔细考验起来，当中不会连一个明白人也没有罢。而一百个读书人当中，求其明白者恐也不过一人。如果把读书的意义扩充一点，当作受教育讲，当作研究学问，经历世务讲，那么他的几数当

[1] 异体字，同“呆”。

幾數當然可以比狹義的讀書人得多多,但也須看他受的是什麼教育,研究的是什麼學問,經歷的是什麼世務。許多人被"子曰"弄得傻頭傻腦了,許多人被教育弄得像一具機械了,許多人被世故磨練得連志氣都沒有了。田中王只是在十幾歲時受過一點舊式的教育,然而我看他頭腦的清晰,簡直駕好些個歐美留學生而上之。這類事常使我懷疑,而且有時竟使我不得不減少對於教育的信仰。但這當中的問題非常複雜,决不是三言兩語可以解决得了的。

這且莫論,我只說給我印象很深的人物,田中王君總要算作第二位。

四

上述二君以外,給我印象很深的,還有一位半。一位是王君伯秋,半位是張君士一。

王君是勸過胡適之君"讀書談政治,演說演政治,做事做政治(不是做官,是做政治運動)"的,依我從前主觀的見解,若根據這幾句話評判,他這位先生一定是大謬的。且莫論勸人遷爾改換行業,不能不説他於友道然可以比狭义的读书大得多多，但也须看他受的是什么教育，研究的是什么学问，经历的是什么世务。许多人被“子曰”弄得傻头傻脑了，许多人被教育弄得像一具机械了，许多人被世故磨练得连志气都没有了。田中玉只是在十几岁时受过一点旧式的教育，然而我看他头脑的清晰，简直驾好些个欧美留学生而上之。这类事常使我怀疑，而且有时竟使我不得不减少对于教育的信仰。但这当中的问题非常复杂，决不是三言两语可以解决得了的。

这且莫论，我只说给我印象很深的人物，田中玉君总要算作第二位。

## 四

上述二君以外，给我印象很深的，还有一位半，一位是王君伯秋，半位是张君士一。

王君是劝过胡适之君“读书读政治，演说演政治，做事做政治（不是做官，是做政治运动）”的，依我从前主观的见解，若根据这几句话评判，他这有虧,且在事實上,要教胡先生家中的五千分之四千九百九十九分的非政治書,暫時擱落冷宮讓蠹魚享用,試想這是一回什麼事?

但是這次見面以後,知道王君實在是一個思想很縝密,頭腦很清楚的學者。他至高等教育組提出一個"創辦青島大學"的議案,提案原文雖然簡短,但他在議席上詳細說明,幾歷一小時之久,關於青島教育的調查表多至十數種。此外如改良法專一案,考慮很周到,并聲明自己是法專一分子,深知各處法專內幕,即不能一時廢止,亦非立時改良不可。只這數點,我已非常佩服。再加上許多次的談話,幾乎令我把"讀書讀政治,演說演政治做事做政治"這件事根本忘記了,因此雖然見面了多少回,却終於沒有提到這一點。但是,有一點應該注意,無論如何思想縝密,頭腦清楚的學者,謬論是大都不能免的。我們决不能因爲他發了幾句謬論,便承認這個人的全部議論都是謬論;也决不能因爲在好幾件事實上觀察出他是思想縝密頭腦清楚,便擔保這個人萬不至於偶然發一二句謬論。

位先生一定是大谬的。且莫论劝人遽尔改换行业，不能不说他于友道有亏，且在事实上，要教胡先生家中的五千分之四千九百九十九分的非政治书，暂时搁落冷宫让蠹鱼享用，试想这是一回什么事？

但是这次见面以后，知道王君实在是一个思想很缜密，头脑很清楚的学者。他至高等教育组提出一个“创办青岛大学”的议案，提案原文虽然简短，但他在议席上详细说明，几历一小时之久，关于青岛教育的调查表多至十数种。此外如改良法专一案，考虑很周到，并声明自己是法专一分子，深知各处法专内幕，即不能一时废止，亦非立时改良不可。只这数点，我已非常佩服。再加上许多次的谈话，几乎令我把“读书读政治，演说演政治，做事做政治”这件事根本忘记了，因此虽然见面了多少回，却终于没有提到这一点。但是，有一点应该注意，无论如何思想缜密，头脑清楚的学者，谬论是大都不能免的。我们决不能因为他发了几句谬论，便承认这个人的全部议论都是谬论；也决不能因为在好几件事实上观察出他是思想缜密头脑清楚，便担保這是王君此次給我的印象,大大的改正我以前的印象的.

至於張君,從前的議論似乎更謬了.他說過"現在社會上還需要漢字,並不需要注音字母."他也主張用京話作國語.這些謬誤都是顯而易見的.他還沒有懂得:在不識字的人看來,漢字與注音字母,是同一意義的.他說"社會上並不需要注音字母,"其實社會上何嘗需要漢字!照他的調子,我們也可以說,"現在社會上還需要結繩,並不需要漢字,"那麼我們應該廢除漢字恢復結繩麼?他對於現有的注音字母總要做冤家到底了.但這一回,他却略微放棄了一點"社會上並不需要注音字母"的主張,在國語組提議用科學方法另造注音字母.他以爲注音字母是需要的了,不過現在的注音字母太不好,應該用科學方法重新造過.議案原文眞簡單到令人詫異,其理由與辦法項下,一共只有十數行文字,理由是注音字母不合科學方法,辦法是用科學方法重新造過,——差不多依著主文做了幾句文章就是了.

这个人万不至于偶然发一二句谬论。

这是王君此次给我的印象，大大的改正我以前的印象的。

至于张君，从前的议论似乎更谬了。他说过“现在社会上还需要汉字，并不需要注音字母。”他也主张用京话作国语。这些谬误都是显而易见的。他还没有懂得：在不识字的人看来，汉字与注音字母，是同一意义的。他说“社会上并不需要注音字母，”其实社会上何尝需要汉字！照他的调子，我们也可以说，“现在社会上还需要结绳，并不需要汉字，”那么我们应该废除汉字恢复结绳么？他对于现有的注音字母总要做冤家到底了。但这一回，他却略微放弃一点“社会上并不需要注音字母”的主张，在国语组提议用科学方法另造注音字母。他以为注音字母是需要的了，不过现在的注音字母太不好，应该用科学方法重新造过。议案原文真简单到令人诧异，其理由与办法项下，一共只有十数行文字，理由是注音字母不合科学方法，办法是用科学方法重新造过，——差不多依着主文做了几句文章就是了。

他又主張用京話作國語. 京話是什麼? 當然是北京人所說的話. 但是北京人這個範圍是非常廣大,北京人所說的話這個範圍也非常廣大. 照北京市自治會的章程,我就是個北京人,我的話也就是北京話. 但我的話與北京老媽子的話相差還遠,不知張君所謂北京話,是指我的話呢,還是老媽子的話呢? 難道張君所指的北京人,不是合乎自治章程的北京人,而是丁惟忠所說的北京土著,必有祖宗墳墓在京而自身又在北京生長的人纔合格嗎? 這一來困難更層出不窮了. 凡是熟悉北京情形的,都知道北京城裏的土著是年復一年的減少. 這個原因有好幾層. 第一,是年來外省旅京的人的鄉土觀念逐漸淡薄了. 從極細小的地方,也可以看出這種趨勢. 例如大門的牌子上,從前爲"天津徐寓," "湘江王寓"的,現在每每單寫"徐寓","王寓"了. 這種趨勢下面含著的經濟上的意義,就是從前只是租房子居住,早晚預備回籍的,現在都改而爲買房子居住了. 第二,有買房子的人,對面自然還有那賣房子的人,賣房子的人自他又主张用京话作国语。京话是什么？当然是北京人所说的话。但是北京人这个范围是非常广大，北京人所说的话这个范围也非常广大。照北京市自治会的章程，我就是个北京人，我的话也就是北京话。但我的话与北京老妈子的话相差还远，不知张君所谓北京话，是指我的话呢，还是老妈子的话呢？难道张君所指的北京人，不是合乎自治章程的北京人，而是丁惟忠所说的北京土著，必有祖宗坟墓在京而自身又在北京生长的人才合格吗？这一来困难更层出不穷了。凡是熟悉北京情形的，都知道北京城里的土著是年复一年的减少。这个原因有好几层。第一，是年来外省旅京的人的乡土观念逐渐淡薄了。从极细小的地方，也可以看出适种趋势。例如大门的牌子上，从前为“天津徐寓”，“湘江王寓”的，现在每每单写“徐寓”，“王寓”了。这种趋势下面含着的经济上的意义，就是从前只是租房子居住，早晚预备回籍的，现在都改而为买房子居住了。第二，有买房子的人，对面自然还有那卖房子的人，卖然多半是北京土著．他們在賣房子的時候，心理上只有貪圖重價這一個觀念，得價後他們都跑到鄉間去另買便宜的房子居住，却決沒有想到丁惟忠君會來主張只有他們纔够得到北京市民的資格，也決沒有想到張士一君會來主張只有他們的話才够得到做國語的資格．張士一君如果一定要用他們的話作國語，而事實上他們現在已經變爲北京城外的鄉下人了，然則張君非把他的根本主張改作“必須北京鄉下人的話才配作國語”不可．張君如果說一定要北京市內的人，那麽我又合格了；但是我要警告各位聘請國語教員的先生們，千萬別上了我的當，倘請我去當國語教員，我的京話只是一口老紹興話．所以我的意思以爲，以官話作國語則可，以京話作國語則不可．官話與國語，只是名稱不同，實際上是一個東西．國音字典的讀音就是官話的讀音，也就是國語的讀音．北京的土著，也承認這個話是官話，只有這個話可以做國語．但萬料不到不是北京土著的張士一君却偏喜歡那一口北京土話．

房子的人自然多半是北京土著。他们在卖房子的时候，心理上只有贪图重价这一个观念，得价后他们都跑到乡间去另买便宜的房子居住，却决没有想到丁惟忠君会来主张只有他们才够得到北京市民的资格，也决没有想到张士一君会主张只有他们的话才够得到做国语的资格。张士一君如果一定要用他们的话作国语，而事实上他们现在已经变为北京城外的乡下人了，然则张君非把他的根本主张改作“必须北京乡下人的话才配作国语”不可。张君如果说一定要北京市内的人，那么我又合格了；但是我要警告各位聘请国语教员的先生们，千万别上了我的当，倘请我去当国语教员，我的京话只是一口老绍兴话。所以我的意思以为，以官话作国语即可，以京话作国语则不可。官话与国语，只是名称不同，实际上是一个东西。国音字典的读音就是官话的读音，也就是国语的读音。北京的土著，也承认这个话是官话，只有这个话可以做国语。但万料不到不是北京土著的张士一君却偏喜欢那一口北京土话。

老發這種謬論的張君,我以爲其態度一定更是謬不可當的了,但據國語組裏的多數先生們告我,他的態度却是非常之好。陳頌平君給他四個字的批語叫做有論無爭。他提出的議案,經大家討論之後,他自己願意把原案撤回。他是陳頌平君的學生,陳君在散會後非常稱許他,以爲除了他的主張以外,他的態度是萬分難得的。

可惜我實在爲編輯日刊的事務忙得要死,沒有功夫去託陳君介紹與他見面暢談一回,所以張君給我的印象只能算作半位。

除了上述三位半先生的印象,在散會以後還是縈繞在我的腦際以外,其餘大大小小的人物的舉止言動,我細檢起來,留著的影子或是輕描淡寫的,或是胡裏胡塗的,都沒有拿出來曬在白金紙上留作紀念的價值了。

## 五

中華教育改進社年會的事務所,設在"督辦魯案善後事宜公署"內,這地方最先是德國兵營,後來又做過日本兵營,新近始改爲督辦公署。除留出一部分他們自用外,六老发这种谬论的张君，我以为其态度一定更是谬不可当的了，但据国语组里的多数先生们告我，他的态度却是非常之好。陈颂平君给他四个字的批语叫做有论无争。他提出的议案，经大家讨论之后，他自己愿意把原案撤回。他是陈颂平君的学生，陈君在散会后非常称许他，以为除了他的主张以外，他的态度是万分难得的。

可惜我实在为编辑日刊的事务忙得要死，没有功夫去托陈君介绍与他见面畅谈一回，所以张君给我的印象只能算作半位。

除了上述三位半先生的印象，在散会以后还是萦绕在我的脑际以外，其余大大小小的人物的举止言动，我细检起来，留着的影子或是轻描淡写的，或是胡里胡涂的,都没有拿出来晒在白金纸上留作纪念的价值了。

## 五

中华教育改进社年会的事务所，设在“督办鲁案善后事宜公署”内，这地方最先是德国兵营，后所房屋都借給改進社做事務所與宿舍．第一舍最大，是從前的兵房，改進社事務所即設在樓下，樓上及其他五所房屋，均爲宿舍．宿舍房子寬大，至少可容三四人，多者且容八九人．聚十四省教育界同志於一處，是極難得的機會，所以大家互相訪問，夜以繼日．我們這一間房屋，是七個人合住的，七個人的朋友來往，其熱鬧是可想而知了．有時我在夜半十二時許編輯完了回舍，滿室的人還正鬧的起勁，我想這可見合住之不妥當，何等妨害我的睡眠啊，詎知等一會我自己的友人也來了，又同樣的妨害別人的睡眠了．睡眠，是沒有人敢提起的．夜深人靜，在宿舍中是沒有這回事的．比較的靜一點，要算兩點半到三點半這一個鐘頭．要睡的人，便勉強在這一個鐘頭中安睡．

因欠缺睡眠的緣故，而我的精神有點恍惚了．我想：山東人這樣周到的招待我們，我們是非常感激的．大家都說，我們是客人，他們是主人．但是招待最辛苦的，我想莫過於室中的聽差和街上的車夫了，他們也是山東来又做过日本兵营，新近始改为督办公署。除留出一部分他们自用外，六所房屋都借给改进社做事务所与宿舍。第一舍最大，是从前的兵房，改进社事务所即设在楼下，楼上及其他五所房屋，均为宿舍。宿舍房子宽大，至少可容三四人，多者且容八九人。聚十四省教育界同志于一处，是极难得的机会，所以大家互相访问，夜以继日。我们这一间房屋，是七个人合住的，七个人的朋友来往，其热闹是可想而知了。有时我在夜半十二时许编辑完了回舍，满室的人还正闹的起劲，我想这可见合住之不妥当，何等妨害我的睡眠呵，讵知等一会我自己的友人也来了，又同样的妨害别人的睡眠了。睡眠，是没有人敢提起的。夜深人静，在宿舍中是没有这回事的。比较的静一点，要算两点半到三点半这一个钟头。要睡的人，便勉强在这一个钟头中安睡。

因欠缺睡眠的缘故，而我的精神有点恍惚了。我想：山东人这样周到的招待我们，我们是非常感激的。大家都说，我们是客人，他们是主人，但是招待辛苦的，我想莫过于室中的听差和街上的车夫人. 我們對於這種人有沒有主客的關係?他們也是我們的主人嗎? 我們也是他們的客人嗎? 再說,我們帶去的聽差,對於山東人的名分是怎樣呢? 山東人歡迎我們的時候,他們是不參與的,那末他們對於山東人是不算客人了. 我從此明白,人類中有這樣一種永遠不作客人也永遠不作主人的人.

我們室中的聽差,恐怕還是新從鄉間來的,他的舉動也永遠不能使我忘記的了. 整天在樓板上潑水,樓上的灰塵本來不潑也未必飛揚的,但樓下的灰塵恐不久就要往下掉了. 臨走給他一塊錢,他幾乎無所措手足,待往夥伴那里商量以後纔收受的.

同學柳忠介君要想逛山東的窰子了.我這個精神恍惚的人於是又發生了問題.山東人剛剛歡迎我們過的,難道我們就要嫖他們嗎? 山東妓女對於我們的關係怎樣?嫖山東妓女算不算是嫖山東人? 山東妓女是山東的女人,這個說法大概是不錯的. 嫖山東妓女就是侮辱山東女人之一部分,大概也是不錯的. 山東人這樣周到的歡迎我們,了，他们也是山东人。我们对于这种人有没有主客的关系？他们也是我们的主人吗？我们也是他们的客人吗？再说，我们带去的听差，对于山东人的名分是怎样呢？山东人欢迎我们的时候，他们是不参与的，那末他们对于山东人是不算客人了。我从此明白，人类中有这样一种永远不作客人也永远不作主人的人。

我们室中的听差，恐怕还是新从乡间来的，他的举动也永远不能使我忘记的了。整天在楼板上泼水，楼上的灰尘本来不泼也未必飞扬的，但楼下的灰尘恐不久就要往下掉了。临走给他一块钱，他几乎无所措手足，待往伙伴那里商量以后才收受的。

同学柳忠介君要想逛山东的窑子了。我这个精神恍惚的人于是又发生了问题。山东人刚则欢迎我们过的，难道我们就要嫖他们吗？山东妓女对于我们的关系怎样？嫖山东妓女算不算是嫖山东人？山东妓女是山东的女人，这个说法大概是不错的。嫖山东妓女就是侮辱山东女人之一部分，大概也是不错的。山东人这样周到的欢迎我们，我们就侮辱他我們就侮辱他們女人的一部分嗎？再說，嫖妓一面固然是侮辱他人，一面同時也侮辱自己，我們爲什麼要做侮辱他人同時也侮辱自己的事呢？經這一番的謬論而柳君嫖妓之念也冷下去了。

## 六

因主客問題而又想到泰山上的轎夫了。逛泰山以三四月爲最盛，像近日的氣候與季節，泰安人是再也想不到我們會有一百七八十人去逛的。統共只有八十乘轎子，還是託縣署代辦來的，所以我們分作兩隊上山，每天一隊。坐在轎子中我又痴想了：我眞對你們不起呵！逛了你們的泰山還要你們抬着逛。希望將來你們來到北京，我也抬了你們逛西山去，此外沒有法子報答的了。

但是上山一看，知道轎子實在可以不必用。這種寬闊路，雖然峻險一點，步行是決不會出毛病的。一用轎子可就不得不擔心了。我下山時在平地上斷了一根轎索，試想如果斷在峻險處將怎樣呢？

盤道以外，我以爲不妨另造一條汽車路，

们女人的一部分吗？再说，嫖妓一面固然是侮辱他人，一面同时也侮辱自己，我们为什么要做侮辱他人同时也侮辱自己的事呢？经这一番的谬论而柳君嫖妓之念也冷下去了。

## 六

因主客问题而又想到泰山上的轿夫了。逛泰山以三四月为最盛，像近日的气候与季节，泰安人是再也想不到我们会有一百七八十人去逛的。统共只有八十乘轿子，还是托县署代办来的，所以我们分作两队上山，每天一队。坐在轿子中我又痴想了：我真对你们不起呵！逛了你们的泰山，还要你们抬着逛。希望将来你们来到北京，我也抬了你们逛西山去，此外没有法子报答的了。

但是上山一看，知道轿子实在可以不必用。这种宽阔路，虽然峻险一点，步行是决不会出毛病的。一用轿子可就不得不担心了。我下山时在平地上断了一根轿索，试想如果断在峻险处将怎样呢？

將來能步行的走盤道,不能步行的乘汽車,汽車路上也不妨行人,都各聽自己之便。不過好古的先生們或者又要說,一造汽車路則古趣全失了。但是我要回答他們,盤道也不是最古的東西,就是全座泰山也不是最古的東西。泰山在地質史上的年紀,比汽車在人類文明史上的年紀,幼稚的遠遠哩。

七

人誰不讀過孔子書。故入孔子之廟,謁孔子之墓,而腰骨不酥酥的往下輭者,想來是很少的罷。但自己要輭,一個人去輭也就算了,却偏要叫別人也跟着他們去輭,我幾乎要笑出來了。幸而周建侯君用極圓到的語調答復他們:"大家不妨自由行禮罷! 你們行完以後,我們再來行。"其實對於孔子的大部分學說,我們也未始不折我們的腰的,不過他們是對着爛泥的孔子,折他們皮肉的腰,我們是對着精神的孔子,折我們精神的腰就是了。

孔子墓前,當初大家都只是遊覽罷了,後來不知誰也發明了行禮。所幸我已走到旁的地方去了,沒有受著西裝贊禮員的指揮,一盘道以外，我以为不妨另造一条汽车路，将来能步行的走盘道，不能步行的乘汽车，汽车路上也不妨行人，都各听自己之便。不过好古的生们或者又要说，一造汽车路则古趣全失了。但是我要回答他们，盘道也不是最古的东西，就是全座泰山也不是最古的东西。泰山在地质史上的年纪，比汽车在人类文明史上的年纪，幼稚的远远哩。

## 七

人谁不读过孔子书。故入孔子之庙，谒孔子之墓，而腰骨不酥酥的往下软者，想来是很少的罢。但自己要软，一个人去软也就算了，却偏要叫别人也跟着他们去软，我几乎要笑出来了。幸而周建侯君用极圆到的语调答复他们："大家不妨自由行礼罢！你们行完以后，我们再来行。"其实对于孔子的大部分学说，我们也未始不折我们的腰的，不过他们是对着烂泥的孔子，折他们皮肉的腰，我们是对着精神的孔子，折我们精神的腰就是了。

同捲入旋渦,只是遠遠的望着他們,好像秋熟的稻田裏,被南風吹了三陣。吹完以後,又送來一陣嬌滴滴的歌聲。我幾乎要這樣想了:"這許是他們正式承認自己是雞養的表示罷!"但是終於沒有想。

(一九二二年七月.)

孔子墓前，当初大家都只是游览罢了，后来不知谁也发明了行礼。所幸我已走到旁的地方去了，没有受着西装赞礼员的指挥，一同卷入旋涡，只是远远的望着他们，好像秋熟的稻田里，被南风吹了三阵。吹完以后，又送来一阵娇滴滴的歌声。我几乎要这样想了：“这许是他们正式承认自己是难养的表示罢！”但是终于没有想。

一九二二年七月

# 长安道上

# 長安道上

開明先生:

在長安道上讀到你的"苦雨,"却有一種特別的風味,爲住在北京的人們所想不到的,因爲我到長安的時候,長安人正在以不殺豬羊爲武器,大與老天爺拼命,硬逼他非下雨不可。我是十四日到長安的,你寫"苦雨"在十七日,長安却到二十一日纔得雨的。不但長安苦旱,我過鄭州,就知鄭州一帶已有兩月不曾下雨,而且以關閉南門,禁宰豬羊爲他們求雨的手段。一到渭南,更好玩了:我們在車上,見街中走着大隊衣衫整潔的人,頭上戴着鮮柳葉紮成的帽圈,前面導以各種刺耳的音樂,這一大羣"桂冠詩人"似的人物,就是爲了苦旱向老天爺遊街示威的。我們如果以科學來判斷他們,這種舉動自然是太幼稚。但放開這一面不提,單論他們的這般模樣,却令我开明先生：

在长安道上读到你的“苦雨”，却有一种特别的风味，为住在北京的人们所想不到的。因为我到长安的时候，长安人正在以不杀猪羊为武器，大与老天爷拼命，硬逼他非下雨不可。我是十四日到长安的，你写“苦雨”在十七日，长安却到二十一日才得雨的。不但长安苦旱，我过郑州，就知郑州一带已有两月不曾下雨，而且以关闭南门，禁宰猪羊为他们求雨的手段。一到渭南，更好玩了：我们在车上，见街中走着大队衣衫整洁的人，头上戴着鲜柳叶扎成的帽圈，前面导以各种刺耳的音乐。这一大群“桂冠诗人”似的人物，就是为了苦旱向老天爷游街示威的。我们如果以科学来判断他们，这种举动自然是太幼稚。但放开这一面不提，单论他们的这般模样，却令我觉着一种美的诗趣。长安城内就没有这样纯朴了，一方面虽然禁屠，却另覺着一種美的詩趣．長安城內就沒有這樣純樸了,一方面雖然禁屠,却另有一方面不相信禁屠可以致雨,所以除了感到不調和的沒有肉喫以外,絲毫不見其他有趣的舉動．

我是七月七日晚上動身的,那時北京正下着梅雨．這天下午我到青雲閣買物,出來遇着大雨,不能行車,遂在青雲閣門口等待十餘分鐘．雨過以後上車回寓,見李鐵拐斜街地上乾白,天空雖有塊雲來往,却毫無下雨之意．江南人所謂"夏雨隔灰堆,秋雨隔牛背",此種景象年來每於北地見之,豈真先生所謂"天氣轉變"歟? 從這樣充滿着江南風味的北京城出來,碰巧沿着黃河往"陝半天"去,私心以爲必可躲開梅雨,擺脫江南景色,待我回京時,已是秋高氣爽的了．而孰知大不然．從近日寄到的北京報上,知道北京的雨水還是方興未艾,而所謂江南景色,則凡我所經各地,又是滿眼皆然．火車出直隸南境,就見兩旁田地,漸漸腴潤．種植的是各物俱備,有花草,有樹木,有莊稼,是冶森林花園田地於一爐,而鄉人廬舍,即在這綠色叢中,四處點綴,這不有一方面不相信禁屠可以致雨，所以除了感到不调和的没有肉喫[1]以外，丝毫不见其他有趣的举动。

我是七月七日晚上动身的，那时北京正下着梅雨。这天下午我到青云阁买物，出来遇着大雨，不能行车，遂在青云阁门口等待十余分钟。雨过以后上车回寓，见李铁拐斜街地上乾白，天空虽有块云来往，却毫无下雨之意。江南人所谓“夏雨隔灰堆，秋雨隔牛背”。此种景象年来每于此地见之，岂真先生所谓“天气转变”欤？从这样充满着江南风味的北京城出来，碰巧沿着黄河往“陕半天”去，私心以为必可躲开梅雨，摆脱江南景色，待我回京时，已是秋高气爽的了。而孰知大不然。从近日寄到的北京报上，知道北京的雨水还是方兴未艾，而所谓江南景色，则凡我所经各地，又是满眼皆然。火车出直隶南境，就见两旁田地，渐渐腴润。种植的是各物俱备，有花草，有树木，有庄稼，是冶森林花园田地于一炉，而乡人庐舍，即在这绿色丛中，四处点缀，这不但令人回想江南景色，更令人感到黄河南北，竟有胜过江南景色的了。河南

[1] 方言，同“吃”。

但令人回想江南景色,更令人感得黃河南北,竟有勝過江南景色的了.河南西部連年匪亂,所經各地以此爲最枯槁,一入潼關便又有江南風味了.江南的景色,全點染在一個平面上,高的無非是山,低的無非是水而已,决沒有如河南陝西一帶,卽平地而亦有如許起伏不平之勢者.這黃河流域的層層黃土,如果能經人工布置,秀麗必能勝江南十倍.因爲所差只是人工,氣候上已毫無問題,凡北方所不能種植的樹木花草,如丈把高的石榴樹,一丈高的木槿花,白色的花與累贅的實,在西安到處皆是,而在北地是得未曾見的.

自然所給與他們的並不甚薄,而陝西人因爲連年兵荒,弄得活動的能力幾乎極微了.原因不但在民國後的戰爭,歷史上從五胡亂華起一直到淸末回匪之亂,幾乎每代都有大戰,一次一次的斲喪陝西人的元氣,所以陝西人多是安靜,沉默,和順的;這在智識階級,或者一部分是關中的累代理學家所助成的也未可知,不過勞動階級也是如此:洋車夫,騾車夫等,在街上互相衝撞,繼起的大抵是一陣客氣西部连年匪乱，所经各地以此为最枯槁，一入潼关便又有江南风味了。江南的景色，全点染在一个平面上，高的无非是山，低的无非是水而已，决没有如河南陕西一带，即平地而亦有如许起伏不平之势者。这黄河流域的层层黄土，如果能经人工布置，秀丽必能胜江南十倍。因为所差只是人工，气候上已毫无问题，凡北方所不能种植的树木花草，如丈把高的石榴树，一丈高的木槿花，白色的花与累赘的实，在西安到处皆是，而在北地是得未曾见的。

自然所给与他们的并不甚薄，而陕西人因为连年兵荒，弄得活动的能力几乎极微了。原因不但在民国后的战争，历史上从五胡乱华起一直到清末回匪之乱，几乎每代都有大战，一次一次的斫丧陕西人的元气，所以陕西人多是安静，沉默，和顺的；这在智识阶级，或者一部分是关中的累代理学家所助成的也未可知，不过劳动阶级也是如此：洋车夫，骡车夫等，在街上互相冲撞，继起的大抵是一阵客气的质问，没有见过恶声相向的。说句笑话，陕西不但人们如此，连狗们也如此。我因为怕中国西部的質問,沒有見過惡聲相向的。說句笑話,陝西不但人們如此,連狗們也如此。我因爲怕中國西部地方太偏僻,特別預備兩套中國衣服帶去,後來知道陝西的狗如此客氣,終於連衣包也沒有打開,並深悔當時以小人之心度君子之腹。(北京嘗有目我爲日本人者,見陝西之狗應當愧死。)陝西人以此種態度與人相處,當然減少許多爭鬥,但用來對付自然,是絕對的喫虧的。我們赴陝的時候,火車只能由北京乘至河南陝州,從陝州到潼關,尙有一百八十里黃河水道,可笑我們一共走了足足四天。在南邊,出門時常聞人說"順風!"這句話我們聽了都當作過耳春風,誰也不去理會話中的意義;到了這種地方,纔頓時覺悟所謂"順風"者有如此大的價值,平常我們無非託了洋鬼子的宏福,來往於火車輪船能達之處,不把順風逆風放在眼裏而已。

黃河的河床高出地面,一般人大都知道,但這是下游的情形,上流並不如此。我們所經陝州到潼關一段,平地每比河面高出三五丈,在船中望去,似乎兩岸都是高山,其實山頂地方太偏僻，特别预备两套中国衣服带去，后来知道陕西的狗如此客气，终于连衣包也没有打开，并深悔当时以小人之心度君子之腹。（北京尝有目我为日本人者，见陕西之狗应当愧死。）陕西人以此种态度与人相处，当然减少许多争斗，但用来对付自然，是绝对的喫亏的。我们赴陕的时候，火车只能由北京乘至河南陕州，从陕州到潼关，尚有一百八十里黄河水道,可笑我们一共走了足足四天。在南边，出门时常闻人说“顺风！”这句话我们听了都当作过耳春风，谁也不去理会话中的意义；到了这种地方，才顿时觉悟所谓“顺风”者有如此大的价值，平常我们无非托了洋鬼子的宏福，来往于火车轮船能达之处，不把顺风逆风放在眼里而已。

黄河的河床高出地面，一般人大都知道，但这是下游的情形，上游并不如此。我们所经陕州到潼关一段，平地每比河面高出三五丈，在船中望去，似乎两岸都是高山，其实山顶就是平地。河床是非常稳固，既不会泛滥，更不会改道，与下流情势大不相同。但下流之所以淤塞，原因还就是平地．河床是非常穩固，旣不會泛濫，更不會改道，與下流情勢大不相同．但下流之所以淤塞，原因還在上流．上流的河岸，雖然高出河面三五丈，但土質並不堅實，一遇大雨，或遇急流，河岸泥壁，可以隨時隨地，零零碎碎的倒下，夾河水流向下游，造成河床高出地面的危險局勢：這完全是上游兩岸沒有森林的緣故．森林的功用，第一可以鞏固河岸，其次最重要的，可以使雨水入河之勢轉爲和緩，不至挾黃土以俱下．我們同行的人，於是在黃河船中，彷彿“上坟船裏造祠堂”一般，大計畫黃河兩岸的森林事業．公家組織，絕無希望，故只得先借助於迷信之說，云能種樹一株者增壽一紀，伐樹一株者減壽如之，使河岸居民踴躍種植．從沿河種起，一直往裏種去，以三里爲最低限度．造林的目的，本有兩方面：其一是養成木材，其二是造成森林．在黃河兩岸造林，旣是困難事業，灌漑一定不能周到的，所以選材只能取那易於長成而不需灌漑的種類，卽白楊，洋槐，柳樹等等是已．這不但能使黃河下游永無水患，簡直能使黃河流域盡在上流。上流的两岸，虽然高出河面三五丈，但土质并不坚实，一遇大雨，或遇急流，河岸泥壁，可以随时随地，零零碎碎的倒下，夹河水流向下游，造成河床高出地面的危险局势；这完全是上游两岸没有森林的缘故。森林的功用，第一可以巩固河岸，其次最重要的，可以使雨水入河之势转为和缓，不至挟黄土以俱下。我们同行的人，于是在黄河船中，仿佛“上坟船里造祠堂”一般，大计画黄河两岸的森林事业。公家组织，绝无希望，故只得先借助于迷信之说，云能种树一株者增寿一纪，伐树一株者减寿如之，使河岸居民踊跃种植。从沿河种起，一直往里种去，以三里为最低限度。造林的目的，本有两方面：其一是养成木材，其二是造成森林。在黄河两岸造林，既是困难事业，灌溉一定不能周到的，所以选材只能取那易于长成而不需灌溉的种类，即白杨，洋槐，柳树等等是已。这不但能使黄河下游永无水患，简直能使黄河流域尽成膏腴，使古文明发源之地再长新芽，使中国顿受一个推陈出新的局面，数千年成膏腴,使古文明發源之地再長新芽,使中國頓受一個推陳出新的局面,數千年來夢想不到的"黃河清"也可以立時實現.河中行駛汽船,兩岸各設碼頭,山上建築美麗的房屋,以石階達到河邊,那時坐在汽船中憑眺兩岸景色,我想比現在裝在白篷帆船中時,必將另有一副樣子.古來文人大抵有治河計畫,見於小說者如老殘遊記與鏡花緣中,各有洋洋灑灑的大文.而實際上治河官吏,到現在還墨守着"搶堵"兩個字.上面所說也無非是廢話,看作"上墳船裏造祠堂"可也.

我們回來的時候,除黃河以外,又經過渭河.渭河橫貫陝西全省,東至潼關,是其下流,發源一直在長安咸陽以上.長安方面,離城三十里,有地曰草灘者,卽渭水流經長安之巨埠.從草灘起,東行二百五十里,抵潼關,全屬渭河水道.渭河雖在下游,水流也不甚急,故二百五十里竟走了四天有半.兩岸也與黃河一樣,雖間有村落,但不見有捕魚的.殷周之間的渭河,不知是否這個樣子,何以今日竟沒有一個漁人影子呢?陝西人的性質,我上来梦想不到的“黄河清”也可以立时实现。河中行驶汽船，两岸各设码头，山上建筑美丽的房屋，以石阶达到河边，那时坐在汽船中凭眺两岸景色，我想比现在装在白篷帆船中时，必将另有一副样子。古来文人大抵有治河计画，见于小说者如老残游记与镜花缘中，各有洋洋洒洒的大文。而实际上治河官吏，到现在还墨守着“抢堵”两个字。上面所说也无非是废话，看作“上坟船里造祠堂”可也。

我们回[1]来的时候，除黄河以外，又经过渭河。渭河横贯陕西全省，东至潼关，是其下流，发源一直在长安咸阳以上。长安方面，离城三十里，有地曰草滩者，即渭水流经长安之巨埠。从草滩起，东行二百五十里，抵潼关，全属渭河水道。渭河虽在下游，水流是不甚急，故二百五十里竟走了四天有半。两岸也与黄河一样，虽间有村落，但不见有捕鱼的。殷周之间的渭河，不知是否这个样子，何以今日竟没有一个渔人影子呢？陕西人的性质，我上

[1] 古同“回”。

面大略說過,渭河兩岸全是陝人,其治理渭河的能力蓋可想見.我很希望陝西水利局長李宜之先生的治渭計畫一旦實行,陝西的局面必將大有改變,卽陝西人之性質亦必將漸由沉靜的變爲活動的,與今日大不相同了.但據說陝西與甘肅較,陝西還算是得風氣之先的省分.陝西的物質生活,總算低到極點了,一切日常應用的衣食工具,全須仰給於外省;而精神生活方面,則理學氣如此其重,已儘够使我驚歎了;但在甘肅,據云物質的生活還要低降,而理學的空氣還要嚴重哩.夫死守節是極普遍的道德,卽十幾歲的寡婦也得遵守,而一般苦人的孩子,十幾歲還衣不蔽體,這是多麼不調和的現相!我勸甘肅人一句話,就是穿衣服,給那些苦孩子們穿衣服.

但是"穿衣服"這句話,我却不敢用來勸告黃河船上的船夫.你且猜想,替我們搖黃河船的,是怎麼樣的一種人.我告訴你,他們是赤裸裸一絲不掛的.他們紫黑色的皮膚之下,裝着健全的而又美滿的骨肉.頭髮是剪了的,他們只知道自己的舒適,决不計較面大略说过，渭河两岸全是陕人，其治理渭河的能力盖可想见，我很希望陕西水利局长李宜之先生的治渭计画一旦实行，陕西的局面必将大有改变，即陕西人之性质亦必将渐由沉静的变为活动的，与今日大不相同了。但据说陕西与甘肃较，陕西还算是得风气之先的省份。陕西的物质生活，总算低到极点了，一切日常应用的衣食工具，全须仰给于外省，而精神生活方面，则理学气如此其重，已尽够使我惊叹了；但在甘肃，据云物质的生活还要低降，而理学的空气还要严重哩。夫死守节是极普遍的道德，即十几岁的寡妇也得遵守，而一般苦人的孩子，十几岁还衣不蔽体，这是多么不调和的现相！我劝甘肃人一句话，就是穿衣服，给那些苦孩子们穿衣服。

但是“穿衣服”这句话，我却不敢用来劝告黄河船上的船夫。你且猜想，替我们摇黄河船的，是怎么样的一种人。我告诉你，他们是赤裸裸一丝不挂的。他们紫黑色的皮肤之下，装着健全的而又美满的骨肉。头发是剪了的，他们只知道自己的舒适，决不计较“和尚喫洋砲，沙弥戳一刀，留辫子的有

"和尚喫洋砲,沙彌戳一刀,留辮子的有功勞"這種利害.他們不屑效法辜湯生先生,但也不屑效法我們.什麼平頭,分頭,陸軍式,海軍式,法國式,美國式,於他們全無意義.他們只知道頭髮長了應該剪下,並不想到剪剩了的頭髮上還可以翻騰種種花樣.鞋子是不穿的,所以他們的五個脚趾全是直伸,並不像我們從小穿過京式鞋子,這個脚趾壓在那個脚趾上,那個脚趾又壓在別個脚趾上.在中國,畫家要找一雙脚的模特兒就甚不容易,吳新吾先生遺作"健"的一幅,雖在"健"的美名之下,而脚趾尚是架床疊屋式的,爲世詬病,良非無因.而我們竟於困苦旅行中無意得之,眞是"不亦快哉"之一.我在黄河船中,身體也練好了許多,例如平常必掩窗而臥,船中前後無遮蔽,居然也不覺有頭痛身熱之患.但比之他們仍是小巫見大巫.太陽還沒有作工,他們便作工了,這就是他們所謂"雞巴看不見便開船".這時候他們就是赤裸裸不掛一絲的,倘使我們當之,恐怕非有棉衣不可.烈日之下,我們一曬着便要頭痛,他們整天的功劳”这种利害。他们不屑效法辜汤生先生，但也不屑效法我们。什么平头，分头，陆军式，海军式，法国式，美国式，于他们全无意义。他们只知道头发长了应该剪下，并不想到剪剩了的头发上还可以翻腾种种花样。鞋子是不穿的，所以他们的五个脚趾全是直伸，并不象我们从小穿过京式鞋子，这个脚趾压在那个脚趾上，那个脚趾又压在别个脚趾上。在中国，画家要找一双脚的模特儿就甚不容易，吴新吾先生遗作“健”的一幅，虽在“健”的美名之下，而脚趾尚是架床叠屋式的，为世诟病，良非无因。而我们竟于困苦旅行中无意得之，真是“不亦快哉”之一。我在黄河船中，身体也练好了许多，例如平常必掩窗而卧，船中前后无遮蔽，居然也不觉有头痛身热之患。但比之他们仍是小巫见大巫。太阳还没有作工，他们便作工了，这就是他们所谓“鸡巴看不见便开船”。这时候他们就是赤裸裸不挂一丝的，倘使我们当之，恐怕非有棉衣不可。烈日之下，我们一晒着便要头痛，他们整天的晒着，似乎并不觉得。他们的形体真与希腊的雕像毫无二致，令我曬着,似乎並不覺得. 他們的形體眞與希臘的雕像毫無二致,令我們欽佩到極點了. 我們何嘗沒有脫去衣服的勇氣,但是羞呀,我們這種身體,除了配給醫生看以外,還配再給誰看呢,還有臉面再見這樣美滿發達的完人嗎?自然,健全的身體是否宿有健全的精神,是我們要想知道的問題. 我們隨時留心他們的知識. 當我們回來時,舟行渭水與黄河,同行者三人,據船夫推測我們的年齡是:我最小,"大約一二十歲,雖有鬍子,不足爲憑". 夏浮筠先生"雖無鬍子"但比我大,總在二十以外. 魯迅先生則在三十左右了. 次序是不猜錯的,但幾乎每人平均減去了二十歲. 這因爲病色近於少年,健康色近於老年的緣故,不涉他們的知識問題. 所以我們看他們的年紀,大抵都是四十上下,而不知內有六十餘者,有五十餘者,有二十五者,有二十者,亦足見我們的眼光之可憐了. 二十五歲的一位,富於研究的性質,我們叫他爲研究系(這又是我們的不是了). 他除了用力搖船拉縴以外,有暇便踞在船頭或船尾,研究我們的舉動. 夏先们钦佩到极点了。我们何曾没有脱去衣服的勇气，但是羞呀，我们这种身体，除了配给医生看以外，还配再给谁看呢，还有脸面再见这样美满发达的完人吗？自然，健全的身体是否宿有健全的精神，是我们要想知道的问题。我们随时留心他们的知识。当我们回来时，舟行渭水与黄河，同行者三人，据船夫推测我们的年龄是：我最小，“大约一二十岁，虽有胡子，不足为凭”。夏浮筠先生“虽无胡子”但比我大，总在二十以外。鲁迅先生则在三十左右了。次序是不猜错的，但几乎每人平均减去了二十岁。这因为病色近于少年，健康色近于老年的缘故，不涉他们的知识问题。所以我们看他们的年纪，大抵都是四十上下，而不知内有六十余者，有五十余者，有二十五者，有二十者，亦足见我们的眼光之可怜了。二十五岁的一位，富于研究的性质，我们叫他为研究系（这又是我们的不是了）。他除了用力摇船拉纤以外，有暇便踞在船头或船尾，研究我们的举动。夏先生吃苏打水，水浇在苏打上，如化石灰一般有声，这自然被认为魔术。但是魔术性较生吃蘇打水,水澆在蘇打上,如化石灰一般有聲,這自然被認爲魔術。但是魔術性較少的,他們也件件視爲奇事。一天夏先生穿汗衫,他便凝神注視,看他兩隻手先後伸進袖子去,頭再在當中的領窩裏鑽將出來。夏先生問他"看什麼,"他答道,"看穿衣服"。可憐他不知道中國文裏有兩種"看什麼,"一種下面加"驚嘆號"的是"不准看"之意,又一種下面加"疑問號"的纔是眞的問看什麼。他竟老老實實的答說"看穿衣服"了。夏先生問"穿衣服都沒有看見過嗎?"他說"沒有看見過。"知識是短少,他們的精神可是健全的。至於物質生活,那自然更低陋。他們看着我們把鐵罐一個一個的打開,用筷子夾出雞肉魚肉來,覺得很是新鮮,吃完了把空罐給他們又是感激萬分了。但是我的見識,何嘗不與他們一樣的低陋:船上請我們吃麵的碗,我的一只是淺淺的,米色的,有幾筆疏淡的畫的,頗類於出土的宋磁,我一時喜歡極了,爲使將來可以從牠喚回黃河船上生活的舊印像起見,所以問他們要來了,而他們的毫爽竟使我驚異,比少的，他们也件件视为奇事。一天夏先生穿汗衫，他便凝神注视，看他两手先后伸进袖子去，头再在当中的领窝里钻将出来。夏先生问他“看什么”，他答道，“看穿衣服”。可怜他不知道中国文里有两种“看什么”，一种下面加“惊叹号”的是“不准看”之意，又一种下面加“疑问号”的才是真的问看什么。他竟老老实实的答说“看穿衣服”了。夏先生问“穿衣服都没有看见过吗？”他说“没有看见过。”知识是短少，他们的精神可是健全的。至于物质生活，那自然更低陋。他们看着我们把铁罐一个一个的打开，用筷子夹出鸡肉鱼肉来，觉得很是新鲜，吃完了把空罐给他们又是感激万分了。但是我的见识，何尝不与他们一样的低陋：船上请我们吃面的碗，我的一只是浅浅的，米色的，有几笔疏淡的画的，颇类于出土的宋磁，我一时喜欢极了，为使将来可以从牠唤回黄河船上生活的旧印象起见，所以问他们要来了，而他们的豪爽竟使我惊异，比我们抛弃一个铁罐还要满不在乎。

我們拋棄一個鐵罐還要滿不在乎。

遊陝西的人第一件想看的必然是古跡。但是我上面已經說過,累代的兵亂把陝西人的民族性都弄得沈靜和順了,古跡當然也免不了這同樣的災厄。秦都咸陽,第一次就遭項羽的焚毀。唐都並不是現在的長安,現在的長安城裏幾乎看不見一點唐人的遺跡。只有一點:長安差不多家家戶戶,門上都貼詩貼畫,式如門對而較短闊,大抵共有四方,上面是四首律詩,或四幅山水等類,是別處沒有見過的,或者還是唐人的遺風罷。至於古跡,大抵模胡得很,例如古人陵墓,秦始皇的只是像小山那麼一座,什麼痕跡也沒有,只憑一句相傳的古話;周文武的只是一塊畢秋帆題的墓碑,他的根據也無非是一句相傳的古話。況且陵墓的價值,全在有系統的發掘與研究。現在只憑傳說,不求確知墓中究竟是否秦皇漢武,而姑妄以秦皇漢武崇拜之,即使有認賊作父的嫌疑也不在意。無論在知識上,感情上,這種盲目的崇拜都是無聊的。適之先生常說,孔子的墳墓總得掘他一掘纔好,這一掘游陕西的人第一件想看的必然是古迹。但是我上面已经说过，累代的兵乱把陕西人的民族性都弄得沈静和顺了，古迹当然也免不了这同样的灾厄。秦都咸阳，第一次就遭项羽的焚毁。唐都并不是现在的长安，现在的长安城里几乎看不见一点唐人的遗迹。只有一点：长安差不多家家户户，门上都贴诗贴画，式如门对而较短阔，大抵共有四方，上面是四首律诗，或四幅山水等类，是别处没有见过的，或者还是唐人的遗风罢。至于古迹，大抵模胡得很，例如古人陵墓，秦始皇的只是像小山那么一座，什么痕迹也没有，只凭一句相传的古话；周文武的只是一块毕秋帆题的墓碑，他的根据也无非是一句相传的古话。况且陵墓的价值，全在有系统的发掘与研究。现在只凭传说，不求确知墓中究竟是否秦皇汉武，而姑妄以秦皇汉武崇拜之，即使有认贼作父的嫌疑也不在意。无论在知识上，感情上，这种盲目的崇拜都是无聊的。适之[1]先生常说，孔子的坟墓总得掘他一掘才好，这一掘也许能使全部哲学史

[1] 即胡适。

也許能使全部哲學史改換一個新局面,但是誰肯相信這個道理呢? 周秦的墳墓自然更應該發掘了. 現在所謂的周秦墳墓,實際上是不是碑面上所寫的固屬疑問,但也是一個古人的墳墓是無疑的. 所以發掘可以得到兩方面的結果,一方是存心要發掘的,一方是偶然掘着的. 但誰有這樣的興趣,又誰有這樣的膽量呢? 私人掘着的,第一是目的不正當,他們只想得錢,不想得知識,所以把發掘古墳看作掘藏一樣,一進去先將金銀珠玉搶走,其餘土器石器,來不及帶走的,便胡亂撥動一番,從新將墳墓蓋好,現在發掘出來,見有亂放瓦器石器一堆者,大抵是已經古人盜掘的了. 大多數人的意見,既不准有系統的發掘,而盜掘的事,又是自古已然,至今而有加無已. 結果古墓依然盡被掘完,而知識上一無所得的. 國人既如此不爭氣,世界學者爲替人類增加學問起見,不遠千里而來動手發掘,我們亦何敢妄加堅拒呢? 陵墓而外,古代建築物,如大小二雁塔,名聲雖然甚爲好聽,但細看他的重修碑記,至早也不過是清之乾嘉,叫人如何引改换一个新局面，但是谁肯相信这个道理呢？周秦的坟墓自然更应该发掘了。现在所谓的周秦坟墓，实际上是不是碑面上所写的固属疑问，但也是一个古人的坟墓是无疑的。所以发掘可以得到两方面的结果，一方是存心要发掘的，一方是偶然掘着的。但谁有这样的兴趣，又谁有这样的胆量呢？私人掘着的，第一是目的不正当，他们只想得钱，不想得知识，所以把发掘古坟看作掘藏一样，一进去先将金银珠玉抢走，其余土器石器，来不及带走的，便胡乱搬动一番，从新将坟墓盖好，现在发掘出来，见有乱放瓦器石器一堆者，大抵是已经古人盗掘的了。大多数人的意见，既不准有系统的发掘，而盗掘的事，又是自古已然，至今而有加无已。结果古墓依然尽被掘完，而知识上一无所得的。国人既如此不争气，世界学者为替人类增加学问起见，不远千里而来动手发掘，我们亦何敢妄加坚拒呢？陵墓而外，古代建筑物，如大小二雁塔，名声虽然甚为好听，但细看他的重修碑记，至早也不过是清之乾嘉，叫人如何引得起古代的印象？照样重修，原不得起古代的印象? 照樣重修,原不要緊,但看建築時大抵加入新鮮分子,所以一代一代的去眞愈遠. 就是函谷關這樣的古跡,遠望去也已經是新式洋樓氣象. 從前紹興有陶六九之子某君,被縣署及士紳囑託,重修蘭亭屋宇. 某君是布業出身,布業會館是他經手建造的,他又很有錢,决不會從中肥己,成績宜乎甚好了;但修好以後一看,蘭亭完全變了布業會館的樣子,邑人至今爲之惋惜. 這回我到西邊一看,纔知道天下並非只有一個陶六九之子,陶六九之子到處多有的. 只有山水,恐怕不改舊觀,但曲江灞滻,已經都有江沒有水了. 渡灞大橋,即是灞橋,長如紹興之渡東橋,闊大過之,雖是民國初年重修,但聞不改原樣,所以古氣盎然. 山最有名者爲華山. 我去時從潼關到長安走旱道經過華山之下,回來又在渭河船上望了華山一路. 華山最感人的地方,在於他的一個"瘦"字;他的瘦眞是沒有法子形容,勉強談談,好像是綢緞鋪子裏的玻璃櫥裏,瘦骨零丁的鐵架子上,披着一疋光亮的綢緞. 他如果是人,一定是耿介自守的,要紧，但看建筑时大抵加入新鲜分子，所以一代一代的去真愈远。就是函谷关这样的古迹，远望去也已经是新式洋楼气象。从前绍兴有陶六九之子某君，被县署及士绅嘱托，重修兰亭屋宇。某君是布业出身，存业会馆是他经手建造的，他又很有钱，决不会从中肥己，成绩宜乎甚好了；但修好以后一看，兰亭完全变了布业会馆的样子，邑人至今为之惋惜。这回我到西边一看，才知道天下并非只有一个陶六九之子，陶六九之子到处多有的。只有山水，恐怕不改旧观，但曲江灞浐，已经都有江没有水了。渡灞大桥，即是灞桥，长如绍兴之渡东桥，阔大过之，虽是民国初年重修，但闻不改原样，所以古气盎然。山最有名者为华山。我去时从潼关到长安走旱道经过华山之下，回来又在渭河船上望了华山一路。华山最感人的地方，在于他的一个“瘦”字；他的瘦真是没有法子形容，勉强谈谈，好象是绸缎铺子里的玻璃柜里，瘦骨零丁的铁架子上，披着一疋[1]光亮的绸缎。他如果是人，一定是耿介自守的，

[1] 同“匹”。

但也許是鴉片大癮的。這或者就是華山之下的居民的象徵罷。古跡雖然遊的也不甚少,但大都引不起好感,反把從前的幻想打破了;魯迅先生說,看這種古跡,好像看梅蘭芳扮林黛玉,姜妙香扮賈寶玉,所以本來還打算到馬嵬坡去,爲免避看後的失望起見,終於沒有去。

其他,我也到臥龍寺去看了藏經。說到陜西,人們就會聯想到聖人偷經的故事。如果不是半年前有聖人去偷經,我這回也未必去看經罷。臥龍寺房屋甚爲完整,是清慈禧太后西巡時重修的,距今不過二十四年。我到臥龍寺的時候,方丈定慧和尚沒有在寺,我便在寺內閒逛。忽聞西屋有孩童誦書之聲,知有學塾,乃進去拜訪老夫子。分賓主坐下以後,問知老夫子是安徽人,因爲先世宦遊西安,所以隨侍在此,前年也曾往北京候差,住在安徽會館,但終不得志而返。談吐非常文雅,而衣服則襤褸已極:大掛是赤膊穿的,顏色如用醬油煮過一般,好幾顆鈕扣都沒有搭上;雖然拖着破鞋,但是沒有襪子的;嘴上兩撇清秀但也许是鸦片大瘾的。这或者就是华山之下的居民的象征罢。古迹虽然游的也不甚少，但大都引不起好感，反把从前的幻想打破了；鲁迅先生说，看这种古迹，好象看梅兰芳扮林黛玉，姜妙香扮贾宝玉，所以本来还打算到马嵬坡去，为免避看后的失望起见，终于没有去。

其他，我也到卧龙寺去看了藏经。说到陕西，人们就会联想到圣人偷经的故事。如果不是半年前有圣人去偷经，我这回也未必去看经罢。卧龙寺房屋甚为完整，是清慈禧太后西巡时重修的，距今不过二十四年。我到卧龙寺的时候，方丈定慧和尚没有在寺，我便在寺内闲逛。忽闻西屋有孩童诵书之声，知有学塾，乃进去拜访老夫子。分宾主坐下以后，问知老夫子是安徽人，因为先世宦游西安，所以随侍在此，前年也曾往北京候差，住在安徽会馆，但终不得志而返。谈吐非常文雅，而衣服则褴褛已极：大褂是赤膊穿的，颜色如用酱油煮过一般，好几颗钮扣都没有搭上；虽然拖着破鞋，但是没有袜子的；嘴上两撇清秀的髯子,圓圓的臉,但不是健康色,——這時候內室的鴉片氣味一陣陣的從門帷縫裏噴將出來,越加使我了解他的臉色何以黃瘦的原因。他只有一個兒子在身邊,已沒有了其他眷屬。我問他,自己教育也許比上學堂更好罷?"他連連的答說,"也不過以子代僕,以子代僕!"桌上攤着些字片畫片,據他說是方丈託他捕描完整的,他大概是方丈的食客一流。他不但在寺裏多年,熟悉寺內一切傳授系統,即與定慧方丈也是非常知己,所以他肯引導我到各處參觀。藏經共有五櫃,當初製櫃是全帶抽屜的,製就以後始知安放不下,遂把抽屜統統去掉,但去掉以後又只能放滿三櫃,所以兩櫃至今空着。櫃門外描有金彩龍紋,四個大金字是"欽賜龍藏"。花紋雖尚清晰,但這五個櫃確是經過禍難來的:最近是道光年間寺曾荒廢,破屋被三數個戲班作寓,藏經雖非全被損毀,但零落散失了不少;咸同間,某年循舊例於六月六日曬經,而不料是日下午忽有狂雨,寺內全體和尚一齊下手,還被雨打得個半乾不濕,那時老夫子還年輕,也的胡子，圆圆的脸，但不是健康色，——这时候内室的鸦片气味一阵阵的从门帷缝里喷将出来，越加使我了解他的脸色何以黄瘦的原因。他只有一个儿子在身边，已没有了其他眷属。我问他，“自己教育也许比上学堂更好罢？”他连连的答说，“也不过以子代仆，以子代仆！”桌上摊着些字片画片，据他说是方丈托他捕描完整的，他大概是方丈的食客一流。他不但在寺里多年，熟悉寺内一切传授系统，即与定慧方丈也是非常知己，所以他肯引导我到各处参观。藏经共有五柜，当初制柜是全带抽屉的，制就以后始知安放不下，遂把抽屉统统去掉，但去掉以后又只能放满三柜，所以两柜至今空着。柜门外描有金彩龙纹，四个大金字是“钦赐龙藏”。花纹虽尚清晰，但这五个柜确是经过祸难来的：最近是道光年间寺曾荒废，破屋被三数个戏班作寓，藏经虽非全被损毁，但零落散失了不少；咸同间，某年循旧例于六月六日晒经，而不料是日下午忽有狂雨，寺内全体和尚一齐下手，还被雨打得半干不湿，那时老夫幫同搬着的。但經有南北藏之分,南藏紙質甚好,雖經雨打,涼了幾天也就好了;北藏却從此容易受潮,到如今北藏比南藏還差遜一籌。雖說宋代藏經,其實只是宋板明印,不過南藏年代較早,是洪武時在南京印的,北藏較晚,是永樂時在北京印的。老夫子並將南藏缺本,鄭重的交我閱看,知紙質果然堅實,而字跡也甚秀麗。怪不得聖人見之,忽然起了邪念。我此次在陝,考查盜經情節,與報載微有不同。報載追回地點云在潼關,其實剛剛裝好箱篋,尚未運出西安,即被陝人扣留。但陝人之以家藏古玩請聖人品評者,聖人全以"謝謝"二字答之,就此收下帶走者爲數亦甚不少。有一學生投函指摘聖人行檢,聖人手批"交劉督軍嚴辦"字樣。聖人到陝,正在冬季,招待者問聖人說,"如缺少什麽衣服,可由這邊備辦"。聖人就援筆直書,開列衣服單一長篇,內計各種狐皮袍子一百幾十件云。陝人之反對偷經最烈者,爲李宜之楊叔吉二先生。李治水利,留德學生,現任水利局長;楊治醫學,留日學生,現任軍醫院軍醫。二人性情均極子还年轻，也帮同搬着的。但经有南北藏之分，南藏纸质甚好，虽经雨打，凉了几天也就好了；北藏却从此容易受潮，到如今北藏比南藏还差逊一筹。虽说宋代藏经，其实只是宋板明印，不过南藏年代较早，是洪武时在南京印的，北藏较晚，是永乐时在北京印的。老夫子并将南藏缺本，郑重的交我阅看，知纸质果然坚实，而字迹也甚秀丽。怪不得圣人见之，忽然起了邪念。我此次在陕，考查盗经情节，与报载微有不同。报载追回地点云在潼关，其实刚刚装好箱篋，尚未运出西安，即被陕人扣留。但陕人之以家藏古玩请圣人品评者，圣人全以“谢谢”二字答之，就此收下带走者为数亦甚不少。有一学生投函指摘圣人行检，圣人手批“交刘督军严办”字样。圣人到陕，正在冬季，招待者问圣人说：“如缺少什么衣服，可由这边备办”。圣人就援笔直书，开列衣服单一长篇，内计各种狐皮袍子一百几十件云。陕人之反对偷经最烈者，为李宜之杨叔吉二先生。李治水利，留德学生，现任水利局长；杨治医学，和順,言談舉止,沉靜而又委婉,可爲陝西民族性之好的一方面的代表。而他們對於聖人,竟亦忍無可忍,足見聖人舉動,必有太令人不堪的了。

陝西藝術空氣的厚薄,也是我所要知道的問題。門上貼着的詩畫,至少給我一個當前的引導。詩畫雖非新作,但筆致均楚楚可觀,決非市井細人毫無根柢者所能辦。然仔細研究,此種作品,無非因襲舊套,數百年如一日,於藝術空氣全無影響。唐人詩畫遺風,業經中斷,而新芽長發,爲時尚早。我們初到西安時候,見招待員名片中,有美術學校校長王先生者,乃與之接談數次。王君年約五十餘,前爲中學幾何畫教員,容貌清秀,態度溫和,而頗喜講論。陝西教育界現況,我大抵即從王先生及女師校長張先生處得來。陝西因爲連年兵亂,教育經費異常困難,前二三年,有每年只能領到七八個月者,或半年者,但近來秩序漸漸恢復,已有全發之希望。只要從今以後,三兩年不動兵戈,一方實行省長所希望的

農兵工各事業,一方趕緊與修隴海路陝州

留日学生，现任军医院军医。二人性情均极和顺，言谈举止，沉静而又委婉，可为陕西民族性之好的一方面的代表。而他们对于圣人，竟亦忍无可忍，足见圣人举动，必有太令人不堪的了。

陕西艺术空气的厚薄，也是我所要知道的问题。门上贴着的诗画，至少给我一个当前的引导。诗画虽非新作，但笔致均楚楚可观，决非市井细人毫无根柢者所能办。然仔细研究，此种作品，无非因袭旧套，数百年如一日，于艺术空气全无影响。唐人诗画遗风，业经中断，而新芽长发，为时尚早。我们初到西安时候，见招待员名片中，有美术学校校长王先生者，乃与之接谈数次。王君年约五十余，前为中学几何画教员，容貌清秀，态度温和，而颇喜讲论。陕西教育界现况，我大抵即从王先生及女师校长张先生处得来。陕西因为连年兵乱，教育经费异常困难，前二三年，有每年只能领到七八个月者，或半年者，但近来秩序渐渐恢复，已有全发之希望。只要从今以后，三两年不动兵戈，一方实行省长所希望的农兵工各事业，一方赶紧兴修陇海路到西安鐵道,則不但教育實業將日有起色,即關中人的生活狀態亦將大有改變,而藝術空氣,或可藉以加厚。我與王先生晤談以後,頗欲乘暇參觀美術學校。一天,偕陳定謨先生出去閒步,不知不覺到了美術學校門口,我提議進去參觀,陳先生也贊成。一進門,就望見滿院花草,在這個花草叢中,矗立着一所剛造未成的教室,雖然材料大抵是黃土,這是陝西受物質的制限,一時沒有法子改良的,而建築全用新式,於以證明已有人在這環境的可能狀態之下,致力藝術。因值星期,且在暑假,校長王君沒有在校,出來應客的是一位教員王君。從他這里,我們得到許多關於美術學校困苦經營的歷史。陝西本來沒有美術學校,自他從上海專科師範畢業回來,封至模先生從北京美術學校畢業回來,西安纔有創辦美術學校的運動。現在的校長,是王君在中學時的教師,此次王君創辦此校,乃去邀他來作校長。學校完全是私立的,除索所入學費以外,每年得省署些須資助。但辦事人員能幹事據王君說,這一點極少的收入,不但教陕州到西安铁道，则不但教育实业将日有起色，即关中人的生活状态亦将大有改变，而艺术空气，或可藉以加厚。我与王先生晤谈以后，颇欲乘暇参观美术学校。一天，偕陈定谟先生出去闲步，不知不觉到了美术学校门口，我提议进去参观，陈先生也赞成。一进门，就望见满院花草，在这花草丛中，远处矗立着一所刚造未成的教室，虽然材料大抵是黄土，这是陕西受物质的制限，一时没有法子改良的，而建筑全用新式，于以证明已有人在这环境的可能状态之下，致力奋斗。因值星期，且在暑假，校长王君没有在校，出来应答的是一位教员王君。从他这里，我们得到许多关于美术学校困苦经营的历史。陕西本来没有美术学校，自他从上海专科师范毕业回来，封至模先生从北京美术学校毕业回来，西安才有创办美术学校的运动。现在的校长，是王君在中学时的教师，此次王君创办此校，乃去邀他来作校长。学校完全是私立的，除靠所入学费以外，每年得省署些须资助。但办事人真能干事；据王君说，这一点极少的收入，不但教员薪水，学校生活員薪水，學校生活費，完全仰給於牠，還要省下錢來，每年漸漸的把那不合學校之用的舊校舍，局部的改換新式。教員的薪水雖然甚少，僅有五角錢一小時，但從來沒有欠過。新教室已有兩所，現在將要落成的是第三所了。學校因爲是中學程度，而且目的是爲養成小學的美術教師的，功課自然不能甚高。現有圖畫音樂手工三科，課程大抵已臻美備。圖畫音樂各有專門教室。照這樣困苦經營下去，陝西的藝術空氣，必將死而復蘇，薄而復厚，前途的希望是甚大的。所可惜者，美術學校尚不能收女生。據王君說，這個學校的前身，是一個速成科性質，曾經畢過一班業，其中也有女生的，但甚爲陝西人所不喜，所以從此不敢招女生了。女師校長張先生說，女師學生尚有一部分是纏足的，然則不准與男生同學美術，亦自是意中事了。

美術學校以外，最引我注目的藝術團體是"易俗社"。舊戲畢竟是高古的，平常人極不易懂。凡是高古的東西，懂得的大抵只有兩種人，就是野人和學者。野人能在實際费，完全仰给于牠，还要省下钱来，每年渐渐的把那不合学校之用的旧校舍，局部的改换新式。教员的薪水虽然甚少，仅有五角钱一小时，但从来没有欠过，新教室已有两所，现在将要落成的是第三所了。学校因为是中学程度，而且目的是为养成小学的美术教师的，功课自然不能甚高。现有图画音乐手工三科，课程大抵已臻美备。图画音乐各有特别教室，照这样困苦经营下去，陕西的艺术空气，必将死而复苏，薄而复厚，前途的希望是甚大的。所可惜者，美术学校尚不能收女生。据王君说，这个学校的前身，是一个速成科性质，曾经毕过一班业，其中也有女生的，但甚为陕西人所不喜，所以从此不敢招女生了。女师校长张先生说，女师学生尚有一部分是缠足的，然则不准与男生同学美术，亦自是意中事了。

美术学校以外，最引我注目的艺术团体是“易俗社”。旧戏毕竟是高古的，平常人极不易懂。凡是高古的东西，懂得的大抵只有两种人，就是野人和学者。野人能在实际生活上得到受用，学者能用生活上得到受用,學者能用科學眼光來從事解釋,於平常人是無與的。以宗教爲例,平常人大抵相信一神教,惟有野人能相信荒古的動物崇拜等等,也惟有學者能解釋荒古的動物崇拜等等。以日常生活爲例,惟有野人能應用以石取火,也惟有學者能了解以石取火,平常人大抵擦着燐寸一用就算了。野人因爲沒有創造的能力,也沒有創造的興趣,所以戀戀於祖父相傳的一切;學者因爲富於研究的興趣,也富於研究的能力,所以也戀戀於祖父相傳的一切。我一方不願爲學者,一方亦不甘爲野人,所以對於舊戲是到底隔膜的。隔膜的原因也很簡單,第一,歌詞大抵是古文,用古文歌唱教人領悟,恐怕比現代歐洲人聽拉丁文還要困難,第二,滿場的空氣,被刺耳的鑼鼓,震動得非常混亂,即使提高了嗓子,歌唱着現代活用的言語,也是不能懂得的,第三,舊戲大抵只取全部情節的一段,或前或後,或在中部,不能一定。而且一齣戲演完以後,第二齣即刻接上,其中毫無間斷。有一個外國人看完中國戲以後,人家問他看的是什麼戲,他科学眼光来从事解释，于平常人是无与的。以宗教为例，平常人大抵相信一神教，惟有野人能相信荒古的动物崇拜等等，也惟有学者能解释荒古的动物崇拜等等。以日常生活为例，惟有野人能应用以石取火，也惟有学者能了解以石取火，平常人大抵擦着燐寸[1]一用就算了。野人因为没有创造的能力，也没有创造的兴趣，所以恋恋于祖父相传的一切；学者因为富于研究的兴趣，也富于研究的能力，所以也恋恋于祖父相传的一切。我一方不愿为学者，一方亦不甘为野人，所以对于旧戏是到底隔膜的。隔膜的原因也很简单，第一，歌词大抵是古文，用古文歌唱教人领悟，恐怕比现代欧洲人听拉丁文还要困难，第二，满场的空气，被刺耳的锣鼓，震动得非常混乱，即使提高了嗓子，歌唱着现代活用的言语，也是不能懂得的，第三，旧戏大抵只取全部情节的一段，或前或后，或在中部，不能一定。而且一出戏演完以后，第二出即刻接上，其中毫无间断。有一个外国人看完中国戏以后，人家问他看的

[1] 燐寸，火柴旧名。

說"剛殺罷頭的地方,就有人來喝酒了,這不知道是什麽戲."他以爲提出這樣一個特點,人家一定知道什麽戲的了,而不知殺頭與飲酒也許是兩齣戲中的情節,不過當中銜接得太緊,令人莫名其妙罷了.我對於舊戲既這樣的外行,那麽我對於陝西的舊戲理宜不開口了,但我終喜歡說一說"易俗社"的組織.易俗社是民國初元張鳳翽作督軍時代設立的,到現在已經有十二年的歷史.其間辦事人時有更動,所以選戲的方針也時有變換,但爲改良秦腔,自編劇本,是始終一貫的.現在的社長,是一個紹興人,久官西安的,呂南仲先生.承他引導我們參觀,並告訴我們社內組織:學堂即在戲館間壁,外面是兩個門,裏邊是打通的;招來的學生,大抵是初小程度,間有一字不識的,社中即授以初高小一切普通課程,而同時教練戲劇;待高小畢業以後,入職業特班,則戲劇功課居大半了.寢室,自修室,教室俱備,與普通學堂一樣,有花園,有草地,空氣很是清潔。學膳宿費是全免的,學生都住在校中.演戲的大抵白天是高小班,晚上是職業是什么戏，他说“刚杀罢头的地方，就有人来喝酒了，这不知道是什么戏。”他以为提出这样一个特点，人家一定知道什么戏的了，而不知杀头与饮酒也许是两出戏中的情节，不过当中衔接得太紧，令人莫名其妙罢了。我对于旧戏既这样的外行，那么我对于陕西的旧戏理宜不开口了，但我终喜欢说一说“易俗社”的组织。易俗社是民国初元张凤翙作督军时代设立的，到现在已经有十二年的历史。其间办事人时有变动，所以选戏的方针有时有变换，但为改良秦腔，自编剧本，是始终一贯的。现在的社长，是一个绍兴人，久官西安的，吕南仲先生。承他引导我们参观，并告诉我们社内组织：学堂即在戏馆间壁，外面是两个门，里边是打通的；招来的学生，大抵是初小程度，间有一字不识的，社中即授以初高小一切普通课程，而同时教练戏剧；待高小毕业以后，入职业特班，则戏剧功课居大半了。寝室，自修室，教室俱备，与普通学堂一样，有花园，有草地，空气很是清洁。学膳宿费是全免的，学生都住在校中。演戏的大抵白天是高小班，晚上是职班．所演的戲，大抵是本社編的，或由社中請人編的，雖於腔調上或有些須的改變，但由我們外行人看來，依然是一派秦腔的舊戲．戲館建築是半新式的，樓座與池子像北京之廣德樓，而容量之大過之；舞臺則爲圓口而旋轉式，並且時時應用旋轉；亦有布景，惟稍簡單；衣服有時亦用時裝，惟演時仍加歌唱，如慶華園之演"一念差"，不過唱的是秦腔罷了．有旦角大小劉者，大劉曰劉迪民，小劉曰劉箴俗，最受陝西人贊美．易俗社去年全體赴漢演戲，漢人對於小劉尤爲傾倒，有東梅西劉之目．張辛南先生嘗說："你如果要說劉箴俗不好，千萬不要對陝西人說，因爲陝西人無一不是劉黨"．其實劉箴俗演得的確不壞，我與陝西人是同黨的．至於以男人而扮女子，我也與夏浮筠劉靜波諸先生一樣，始終持反對的態度，但那是根本問題，與劉箴俗無關．劉箴俗三個字，在陝西人的腦筋中，已經與劉鎮華三個字差不多大小了，而劉箴俗依然是個好學的學生．我在教室中，成績榜上，都看見劉箴俗的名字．這一點我佩服劉箴俗，更佩服业班。所演的戏，大抵是本社编的，或由社中请人编的，虽于腔调上或有些须的改变，但由我们外行人看来，依然是一派秦腔的旧戏。戏馆建筑是半新式的，楼座与池子像北京之广德楼，而容量之大过之；舞台则为圆口而旋转式，并且时时应用旋转；亦有布景，惟稍简单；衣服有时亦用时装，惟演时仍加歌唱，如庆华园之演“一念差”，不过唱的是秦腔罢了。有旦角大小刘者，大刘曰刘迪民，小刘曰刘箴俗，最受陕西人赞美。易俗社去年全体赴汉演戏，汉人对于小刘尤为倾倒，有东梅西刘之目。张辛南先生尝说：“你如果要说刘箴俗不好，千万不要对陕西人说，因为陕西人无一不是刘党”。其实刘箴俗演得的确不坏，我与陕西人是同党的。至于以男人而扮女子，我也与夏浮筠刘静波诸先生一样，始终持反对的态度，但那是根本问题，与刘箴俗无关。刘箴俗三个字，在陕西人的脑筋中，已经与刘镇华三个字差不多大小了，而刘箴俗依然是个好学的学生。我在教室中，成绩榜上，都看见刘箴俗的名字。这一点我佩服刘箴俗，更佩服易俗社办易俗社辦事諸君．易俗社現在已經獨立得住，戲園的收入竟能抵過學校的開支而有餘，宜乎內部的組織有條不紊了．但易俗社的所以獨立得住，原因還在於陝西人愛好戲劇的性習．西安城內，除易俗社而外，尚有較爲舊式的秦腔戲園三，皮黃戲園一，票價也並不如何便宜，但總是滿座的．樓上單售女座，也竟沒有一間空廂，這是很奇特的．也許是陝西連年兵亂，人民不能安枕，自然養成了一種"子有酒食，何不日鼓瑟，且以喜樂，且以永日"的人生觀．不然，就是陝西人眞正愛好戲劇了．至於女客滿座，理由也甚難解．陝西女子的地位，似乎是極低的，而男女之大防又是甚嚴．一天我在"新秦日報"（陝西省城的報紙共有四五種，樣子與"越鐸日報""紹興公報"等地方報差不多，大抵是二號題目，四號文字，銷數總在一百以外，一千以內，如此而已）上看見一則甚妙的新聞，大意是：離西安城十數里某鄉村演劇，有無賴子某某，向女客某姑接吻，咬傷某姑嘴唇，大動衆怒，有衛戍司令部軍人某者，見義勇爲，立將佩刀拔出，事诸君。易俗社现在已经独立得住，戏园的收入竟能抵过学校的开支而有余，宜乎内部的组织有条不紊了。但易俗社的所以独立得住，原因还在于陕西人爱为戏剧的性习。西安城内，除易俗社而外，尚有较为旧式的秦腔戏园三、皮黄戏园一，票价也并不如何便宜，但总是满座的。楼上单售女座，也竟没有一间空厢，这是很奇特的。也许是陕西连年兵乱，人民不能安枕，自然养成了一种“子有酒食，何不日鼓瑟，且以喜乐，且以永日”的人生观。不然，就是陕西人真正爱好戏剧了。至于女客满座，理由也甚难解。陕西女子的地位，似乎是极低的，而男女之大防又是极严。一天我在“新秦日报”（陕西省城的报纸共有四五种，样子与“越铎日报”“绍兴公报”等地方报差不多，大抵是二号题目，四号文字。销数总在一百以外，一千以内，如此而已）上看见一则甚妙的新闻，大意是：离西安城十数里某乡村演剧，有无赖子某某，向女客某姑接吻，咬伤某姑嘴唇，大动众怒，有卫戍司令部军人某者，见义勇为，立将佩刀拔出，砍下无赖子首级，悬砍下無賴子首級,懸掛臺柱上,人心大快。末了撰稿人有幾句論斷更妙,他說這眞是快人快事,此種案件如經法庭之手,還不是與去年某案一樣含胡了事,任凶犯逍遙法外嗎? 這是陝西一部分人的道德觀念,法律觀念,人道觀念。城裏禮教比較的寬鬆,所以婦女竟可以大多數出來聽戲,但也許因爲相信城裏沒有強迫接吻的無賴。

陝西的酒是該記的。我到潼關時,潼人招待我們的席上,見到一種白干似的酒,氣味比白干更烈,據說叫做"鳳酒",因爲是鳳翔府出的。這酒給我的印像甚深,我還淸淸楚楚的記得,酒壺上刻着"桃林飯館"字樣,因爲潼關即古"放牛於桃林之野"的地方,所以飯館以此命名的。我以爲陝西的酒都是這樣猛烈的了,而孰知並不然。鳳酒以外,陝西還有其他的酒,都是和平的。仿紹興酒製的南酒有兩種,"甜南酒"與"苦南酒"。苦南酒更近於紹興,但如罎底的渾酒,是水性不好,或手藝不高之故。甜南酒則離南酒甚遠,色如"五加皮",而殊少酒味。此外尙有"醴酒"一種,色白挂台柱上，人心大快。末了撰稿人有几句论断更妙，他说这真是快人快事，此种案件如经法庭之手，还不是与去年某案一样含胡了事，任凶犯逍遥法外吗？这是陕西一部分人的道德观念，法律观念，人道观念。城里礼教比较的宽松，所以妇女竟可以大多数出来听戏，但也许因为相信城里没有强迫接吻的无赖。

陕西的酒是该记的。我到潼关时，潼人招待我们的席上，见到一种白干似的酒，气味比白干更烈，据说叫做“凤酒”，因为是凤翔府出的。这酒给我的印象甚深，我还清清楚楚的记得，酒壶上刻着“桃林饭馆”字样，因为潼关即古“放牛于桃林之野”的地方，所以饭馆以此命名的。我以为陕西的酒都是这样猛烈的了，而孰知并不然。凤酒以外，陕西还有其他的酒，都是和平的。仿绍兴酒制的南酒有两种，“甜南酒”与“苦南酒”。苦南酒更近于绍兴，但如坛底的浑酒，是水性不好，或手艺不高之故。甜南酒则离南酒甚远，色如“五加皮”，而殊少酒味。此外尚有“酬酒”一种，色白味甜，性更味甜,性更和緩,是長安名產,據云"長安市上酒家眠"就是飲了醻酒所致. 但我想醻酒即使飲一斗也是不會教人眠的,李白也許是飲的"鳳酒"罷. 故鄉有以糯米作甜酒釀者,做成以後,中有一窪,滿盛甜水,俗曰"蜜蔥懸",蓋醻酒之類也. 除此四種以外,外酒入關,幾乎甚少. 酒類運輸,全仗瓦器,而沿途震撼,損失必大. 同鄉有在那邊業稻香村一類店舖者,但不聞有酒商足跡. 稻香村貨物,比關外貴好幾倍,五星皮酒售價一元五角,萬壽山汽水一瓶八角,而尚無可賺,路中震壞者多也.

陝西語言本與直魯等省同一統系,但初聽亦有幾點甚奇者. 途中聽王捷三先生說"汽費"二字,已覺詫異,後來凡見陝西人幾乎無不如此,才知道事情不妙. 蓋西安人說S,有一大部分代以F者,宜乎汽水變為"汽費",讀書變為"讀甫",暑期學校變作"夫期學校",省長公署變作"省長公府"了. 一天同魯迅先生去逛古董舖,見有一個石雕的動物,辨不出是什麼東西,問店主,則曰"夫". 這時候我心中亂想:犬旁一個夫字罷,犬旁一個甫字罷,豸和缓，是长安名产，据云“长安市上酒家眠”就是饮了酬酒所致。但我想酬酒即使饮一斗也是不会教人眠的，李白也许是饮的“凤酒”罢。故乡有以糯米作甜酒酿者，做成以后，中有一洼，满盛甜水，俗曰“蜜勤殷”盖酬酒之类也。除此四种以外，外酒入关，几乎甚少。酒类运输，全仗瓦器，而沿途震撼，损失必大。同乡有在那边业稻香村一类店铺者，但不闻有酒商足迹。稻香村货物，比关外贵好几倍，五星皮酒售价一元五角，万寿山汽水一瓶八角，而尚无可赚，路中震坏者多也。

陕西语言本与直鲁等省同一统系，但初听亦有几点甚奇者。途中听王捷三先生说“汽费”二字，已觉诧异，后来凡见陕西人几乎无不如此，才知道事情不妙。盖西安人说 S，有一大部分代以 F 者，宜乎汽水变为“汽费”，读书变为“读甫”，暑期学校变作“夫期学校”，省长公署变作“省长公府”了。一天同鲁迅先生去逛古董铺，见有一个石雕的动物，辨不出是什么东西，问店主，则曰“夫”。这时候我心中乱想：犬旁一个夫字罢，犬旁一个甫旁一個寗字罷,豸旁一個付字罷,但都不像.三五秒之間,思想一轉變,說他所謂ㄈㄨ者也許是ㄙㄨ罷,於是我的思想又要往豸旁一個蘇字等處亂鑽了,不提防魯迅先生忽然說出,"呀,我知道了,是鼠."但也有近於S之音而代以F者,如"船"讀爲"帆","順水行船"讀爲"奮費行帆",覺得更妙了.S與F的搗亂以外,還有稍微與外間不同的,是D音都變爲ds,T音都變爲ts,所以"談天"近乎"談千","一定"近乎"一禁",姓"田"的人自稱近乎姓"錢",初聽都是很特別的.但據調查,只有長安如此,外州縣就不然.劉靜波先生且說:"我們渭南人,有學長安口音者,與學長安其他時髦惡習一樣的被人看不起."但這種特別之處,都與交通的不便有關,交通的不便,影響於物質生活方面,是顯而易見的.汽水何以要八毛錢一瓶呢?據說本錢不過一毛餘,捐稅也不過一毛餘,再賺一毛餘,四毛錢定價也可以賣了.但搬運的時候,瓶塞衝開與瓶子震碎者,輒在半數以上,所以要八毛錢了.(長安房屋,窗上甚少用玻璃者,也是吃了運輸的虧.)

字罢,豸旁一个富字罢.豸旁一个付字罢,但都不象。三五秒之间，思想一转变，说他所谓ㄈㄨ者也许是ㄙㄨ罢，于是我的思想又要往豸旁一个苏字等处乱钻了，不提防鲁迅先生忽然说出，“呀，我知道了，是鼠。”但也有近于S之音而代以F者，如“船”读为“帆”，“顺水行船”，读为“奋费行帆”，觉得更妙了。S与F的捣乱以外，还有稍微与外间不同的，是D音都变为ds，T音变为ts，所以“谈天”近乎“谈千”，“一定”近乎“一禁”，姓“田”的人自称近乎姓“钱”，初听都是很特别的。但据调查，只有长安如此，外州县就不然。刘静波先生且说：“我们渭南人，有学长安口音者，与学长安其他时髦恶习一样的被人看不起。”但这种特别之处，都与交通的不便有关，交通的不便，影响于物质生活方面，是显而易见的。汽水何以要八毛钱一瓶呢？据说本钱不过一毛余，捐税也不过一毛余，再赚一毛余，四毛钱定价也可以卖了。但搬运的时候，瓶塞冲开与瓶子震碎者，辄在半数以上，所以要八毛钱了。（长安房屋，窗上甚少用玻璃者，也交通不便之影響於精神方面,比物質方面尤其重要。陝西人通稱一切開通地方爲"東邊",上海北京南京都在東邊之列。我希望東邊人的物質生活與精神生活的好的一部分,隨着隴海路輸入關中,關中必有產生較有價値的新文明的希望的。

陝西而外,給我甚深印像的是山西。我們在黄河船上,就聽見關於山西的甚好口碑。山西在黄河北岸,河南在南岸,船上人總贊成夜泊於北岸,因爲北岸沒有土匪,夜間可以高枕無憂。(我這次的旅行,使我改變了土匪的觀念:從前以爲土匪必是白狼,孫美瑤,老洋人一般的,其實北方所謂土匪,包括南方人所謂盜賊二者在內。紹興諸嵊一帶,近來也學北地時髦,時有大股土匪,擄人勒贖,有"請財神"與"請觀音"之目,財神男票,觀音女票,即快票也。但不把"賊骨頭"計算在土匪之內。來信中所云"梁上君子",在南邊曰賊骨頭,北地則亦屬於土匪之一種,所謂黄河岸上之土匪者,賊而已矣。)我們本來打算從山西回來,向同鄉探聽路途,據談秦豫騾車可以渡河是吃了运输的亏。）交通不便之影响于精神方面，比物质方面尤其重要。陕西人通称一切开通地方为“东边”，上海北京南京都在东边之列。我希望东边人的物质生活与精神生活的好的一部分，随着陇海路输入关中，关中必有产生较有价值的新文明的希望的。

陕西而外，给我甚深印象的是山西。我们在黄河船上，就听见关于山西的甚好口碑。山西在黄河北岸，河南在南岸，船上人总赞成夜泊于北岸，因为北岸没有土匪，夜间可以高枕无忧。（我这次的旅行，使我改变了土匪的观念：从前以为土匪必是白狼，孙美瑶，老洋人一般的，其实北方所谓土匪，包括南方人所谓盗贼二者在内。绍兴诸嵊一带，近来也学北地时髦，时有大股土匪，掳人勒赎，有“请财神”与“请观音”之目，财神男票，观音女票，即快票也。但不把“贼骨头”计算在土匪之内。来信中所云“梁上君子”，在南边曰贼骨头，北地则亦属于土匪之一种，所谓黄河岸上之土匪者，贼而已矣。）我们本来打算从山西回来，向同乡探听路入晉,山西騾車不肯南渡而入豫秦,蓋秦豫尚係未臻治安之省分,而山西則治安省分也.山西人之搖船與趕車者,從不知有爲政府當差的義務,豫陝就不及了.山西的好處,舉其犖犖大者,據聞可以有三,卽一,全省無一個土匪,二,全省無一株鴉片,三,禁止婦女纏足是.卽使政治方針上尚有可以商量之點,但這三件已經有足多了.固然,這三件在江浙人看來,也是了無價値,但因爲這三件的反面,正是豫陝人的缺點,所以在豫陝人的口碑上更覺有重大意義了.後來我們回京雖不走山西,但舟經山西,特別登岸參觀.(舟行山西河南之間,一望便顯出優劣,山西一面果木森森,河南一面牛山濯濯.)上去的是永樂縣附近一個村子,住戶只有幾家,遍地都種花紅樹,主人大請我們喫花紅,在樹上隨摘隨喫,立着隨喫隨談,知道本村十幾戶共有人口約百人,有小學校一所,村中無失學兒童,亦無遊手好閒之輩。臨了我們以四十銅子,買得花紅一大筐,在船上又大喫.夏浮筠先生說,便宜而至於白喫,新鮮而至於現摘,是生平第一次,我與途，据谈秦豫骡车可以渡河入晋，山西骡车不肯南渡而入豫秦，盖秦豫尚系未臻治安之省分，而山西则治安省分也。山西人之摇船与赶车者，从不知有为政府当差的义务，豫陕就不及了。山西的好处，举其荦荦大者，据闻可以有三，即一，全省无一个土匪，二，全省无一株鸦片，三，禁止妇女缠足是。即使政治方针上尚有可以商量之点，但这三件已经有足多了。固然，这三件在江浙人看来，也是了无价值，但因为这三件的反面，正是豫陕人的缺点，所以在豫陕人的口碑上更觉有重大意义了。后来我们回京虽不走山西，但舟经山西，特别登岸参观。（舟行山西河南之间，一望便显出优劣，山西一面果木森森，河南一面牛山濯濯。）上去的是永乐县附近一个村子，住户只有几家,遍地都种花红树,主人大请我们喫花红，在树上随摘随喫，立着随喫随谈，知道本村十几户共有人口约百人，有小学校一所，村中无失学儿童，亦无游手好闲之辈。临了我们以四十铜子，买得花红一大筐，在船上又大喫。夏浮筠先生说，魯迅先生也都說是生平第一次。

隴海路經過洛陽，我們特爲下來住了一天。早就知道，洛陽的旅店以"洛陽大旅館"爲最好，但一進去就失望，洛陽大旅館並不是我想象中的洛陽大旅館。放下行李以後，出到街上去玩，民政上看不出若何成績，只覺得跑來跑去的都是妓女。古董鋪也有幾家，但貨物不及長安的多，假古董也所在多有。我們在外面吃完晚飯以後忽忽回館。館中的一夜更難受了。先是東拉胡琴，西唱大鼓，同院中一起有三四組，鬧得個天翻地覆。十一時餘，"西藏王爺"將要來館的消息傳到了。這大概是班禪喇嘛的先驅，洛陽人叫做"到吳大帥裏來進貢的西藏王爺"的。從此人來人往，鬧到十二點多鐘，"西藏王爺"纔穿了襲紅寧綢紅裏子的夾袍翩然蒞止。帶來的翻譯，似乎中國語也不甚高明，所以主客兩面，並沒有多少話。過了一會，我到窗外去偸望，見紅裏紅外的袍子已經脫下，"西藏王爺"却御了土布白小褂褲，在床上懶懶的躺着，脚上穿的並不是怎麼樣的佛鞋，却是與郁達夫君便宜而至于白喫，新鲜而至于现摘，是生平第一次，我与鲁迅先生也都说是生平第一次。

陇海路经过洛阳，我们特为下来住了一天。早就知道，洛阳的旅店以“洛阳大旅馆”为最好，但一进去就失望，洛阳大旅馆并不是我想象中的洛阳大旅馆。放下行李以后，出到街上去玩，民政上看不出若何成绩，只觉得跑来跑去的都是妓女。古董铺也有几家，但货物不及长安的多，假古董也所在多有。我们在外面吃完晚饭以后匆匆回馆。馆中的一夜更难受了。先是东拉胡琴，西唱大鼓，同院中一起有三四组，闹得个天翻地覆。十一时余，“西藏王爷”将要来馆的消息传到了。这大概是班禅喇嘛的先驱，洛阳人叫做“到吴大帅里来进贡的西藏王爷”的。从此人来人往，闹到十二点多钟，“西藏王爷”才穿了枣红宁绸红里子的夹袍翩然莅止。带来的翻译，似乎中国语也不甚高明，所以主客两面，并没有多少话。过了一会，我到窗外去偷望，见红里红外的袍子已经脱下，“西藏王爷”却御了土布白小褂裤，在床上懒懒的躺着，脚上穿的并不等所穿的時下流行的深梁鞋子一模一樣.大概是夾袍子裹得太熱了,外傳有小病,我可證明是的確的. 後來出去小便,還是由兩個人扶了走的. 妓女的局面靜下去,王爺的局面鬧了;王爺的局面剛靜下,妓女的局面又鬧了. 這樣一直到天明,簡直沒有睡好覺. 次早匆匆的離開洛陽了,洛陽給我的印象,最深刻的只有"王爺"與妓女.

現在再回過頭來講"苦雨". 我在歸途的京漢車上,見到久雨的痕迹,但不知怎樣,我對於北方人所深畏的久雨,不覺得有什麼惡感似的. 正如來信所說,北方因爲少雨,所以對於雨水沒有多少設備,房屋如此,土地也如此. 其實這樣一點雨量,在南方眞是家常便飯,有何水災之足云. 我在京漢路一帶,又覺得所見盡是江南景色,後來纔知道遍地都長了茂草,把北方土地的黃色完全遮蔽. 雨量既不算多,現在的問題是在對於雨水的設備. 森林是要緊的,河道也是要緊的. 馮軍這回出了如此大力,還在那裏實做"搶堵"兩個字. 我希望他們"百尺竿頭更進一步",在水災平是怎么样的佛鞋，却是与郁达夫君等所穿的时下流行的深梁鞋子一模一样。大概是夹袍子裹得太热了，外传有小病，我可证明是的确的。后来出去小便，还是由两个人扶了走的。妓女的局面静下去，王爷的局面闹了；王爷的局面刚静下，妓女的局面又闹了。这样一直到天明，简直没有睡好觉。次早匆匆的离开洛阳了，洛阳给我的印象，最深刻的只有“王爷”与妓女。

现在再回过头来讲“苦雨”。我在归途的京汉车上，见到久雨的痕迹，但不知怎样，我对于北方人所深畏的久雨，不觉得有什么恶感似的，正如来信所说，北方因为少雨，所以对于雨水没有多少设备，房屋如此，土地也如此。其实这样一点雨量，在南方真是家常便饭，有何水灾之足云。我在京汉路一带，又觉得所见尽是江南景色，后来才知道遍地都长了茂草，把北方土地的黄色完全遮蔽，雨量即不算多，现在的问题是在对于雨水的设备。森林是要紧的，河道也是要紧的。冯军这回出了如此大力，还在那里实做“抢堵”两个字。我希望他们“百定以後再做一番疏濬並沿河植樹的功夫,則不但這回氣力不算白花,以後也可以一勞永逸了。

生平不善爲文,而先生却以秦遊記見勗,乃用偷懶的方法,將沿途見聞及感想,拉雜書之如右,敬請教正。

伏園。

(一九二四年七月。)

尺竿头更进一步”，在水灾平定以后再做一番疏浚并沿河植树的功夫，则不但这回气力不算白花，以后可以一劳永逸了。

生平不善为文，而先生却以秦游记见勗，乃用偷懒的方法，将沿途见闻及感想，拉杂书之如右，敬请教正。

伏园

一九二四年七月

# 朝山记琐

# 朝山記瑣

## I.

### 朝　山.

人畢竟是由動物進化來的,所以各種動物的脾氣還有時要發作,例如斯丹利霍爾說小孩子要戲水是因爲魚的脾氣發作了. 朝山這件事,在各派宗教裏雖然都視爲重要;但無論他們怎樣用形而上的講法說到天花亂墜,在我却不妨太殺風景的說一句:除了若干宗教信仰等等的分子以外,朝山不過是人的猴子脾氣之發作. 我們到妙峯山去的五個人當中,至少我自信是有些如此的.

我國西南一帶的山水我沒有見過,嘗聽朋友們講述是怎樣的秀麗偉大而又多變化,在國內大抵要算最好的了. 東南我是大略

## I.

# 朝　山

人毕竟是由动物进化来的，所以各种动物的脾气还有时要发作，例如斯丹利霍尔说小孩子要戏水是因为鱼的脾气发作了。朝山这件事，在各派宗教里虽然都视为重要；但无论他们怎样用形而上的讲法说到天花乱坠，在我却不妨太杀风景的说一句：除了若干宗教信仰等等的分子以外，朝山不过是人的猴子脾气之发作。我们到妙峰山去的五个人当中，至少我自信是有些如此的。

我国西南一带的山水我没有见过，尝听朋友们讲述是怎样的秀丽伟大而又多变化，在国内大抵要算最好的了。东南我是大略知道的，比不上知道的,比不上西南自不消說,但無謂比北方一定是比得上而且有餘的. 泰山算得什麽呢,在北方居然出了幾千年的風頭,我以爲其餘可想而知了. 所以人在北方是不大會作遊山之想的. 自去年看見淸瘦而又崇高的華山以後,雖然沒有去遊,但"北方之山近於土堆"的意見漸漸打破了. 而妙峰山又是我生平所見第二次北方的好山. 在這樣的山中行走,我們才知道我們的祖宗從前是怎樣的爲我們開闢世界,我們現在住着的世界是曾有人不靠物質的幫助而肉搏出來的. 我們雖然是步行,在好像用幾個"之"字拼合起來的山道上步行,自以爲刻苦了,差勝於大腹便便的或是鶯聲嚦嚦的坐轎的老爺太太們了;但是我們有開好了的路,有點好了的路燈,沿途有茶棚可以休息喝茶,手上又有削好了隨處可以買到的桃樹杖,前途又一點也沒有什麽猛獸或敵人的仇視,而有的只是一見面便互讓"虔誠!虔誠!"的同一目的的香客. 我們是何等的幸福呵! 但是我們還覺得苦,這可以證明我們過慣了城市的生活,把我們祖西南自不消说，但每谓比北方一定是比得上而且有余的。泰山算得什么呢，在北方居然出了几千年的风头，我以为其余可想而知了。所以人在北方是不大会作游山之想的。自去年看见清瘦而又崇高的华山以后，虽然没有去游，但“北方之山近于土堆”的意见渐渐打破了。而妙峰山又是我生平所见第二次北方的好山。在这样的山中行走，我们才知道我们的祖宗从前是怎样的为我们开辟世界，我们现在住着的世界是曾有人不靠物质的帮助而肉搏出来的。我们虽然是步行，在好像用几个“之”字拼合起来的山道上步行，自以为刻苦了，差胜于大腹便便的或是莺声呖呖的坐轿的老爷太太们了；但是我们有开好了的路，有点好了的路灯，沿途有茶棚可以休息喝茶，手上又有削好了随处可以买到的桃树杖，前途又一点也没有什么猛兽或敌人的仇视，而有的只是一见面便互嚷“虔诚！虔诚！”的同一目的的香客。我们是何等的幸福呵！但是我们还觉得苦，这可以证明我们过惯了城市的生活，把我们祖先的强健的先的強健的性習全丟掉了.

講究的國家有公共體育場,有公共娛樂所,有種種完美的設備,可以使身體壯健精神愉快的. 我們雖然知道這些,然而得不到這些,我們還是一年一回跟着往妙峯山進香的人們去湊熱鬧罷.

## II.

## "星霜,星霜!"

在北京城裏,街上常見有四擔或五擔籠盒,每擔上有八面小旗,各繫小鈴,挑著"星霜星霜"地響著招搖過市. 多少人不明白個中底細,每當他們是另外一個世界裏的人物,從不去過問他們,尤其是我們江浙一帶的人爲然. 但是到了妙峯山,我們纔自慚形穢,覺悟自己是另外一個世界裏的人物,那個世界却完全屬於他們的.

如果你在廟裏面等候着,聽人說"到會了!"的時候,你要記住這是指廟外面有"會到了". 照例的,先是四擔或五擔乃至六擔八擔的籠性习全丢掉了。

讲究的国家有公共体育场，有公共娱乐所，有种种完美的设备，可以使身体壮健精神愉快的。我们虽然知道这些，然而得不到这些，我们还是一年一回跟着往妙峰山进香的人们去凑热闹罢。

## Ⅱ.
## “星霜，星霜！”

在北京城里，街上常见有四担或五担笼盒，每担上有八面小旗，各系小铃，挑着“星霜星霜”地响着招摇过市。多少人不明白个中底细，每当他们是另外一个世界里的人物，从不去过问他们，尤其是我们江浙一带的人为然。但是到了妙峰山，我们才自惭形秽，觉悟自己是另外一个世界里的人物，那个世界却完全属于他们的。

如果你在庙里面等候着，听人说“到会了！”的时候，你要记住这是指庙外面有“会到了”。照例的，先是四担或五担乃至六担八担的笼盒，“星盒,"星霜星霜"地響著過來,這做叫"錢糧把"裏面放的是敬神的香燭以及紙糊的元寶等等."錢糧把"的前面是一個壯健的少年捧着供物,這看各種香會性質的不同,例如"獻花老會"則捧鮮花,"茶會"則捧茶葉,"饅首聖會"則捧饅首. 後面跟著會衆,數人數十人乃至數百人不等."錢糧把"進門後就放在院子裏,各人都拿出香——講究的再加以燭——來燃着,便跪在神前磕頭祈禱. 少年跪捧表章,居主祭者的前列,由廟祝用火徐徐燒着. 表章是刻版現買的,空格上填進供物,會衆人數,及會首姓名,放在一個五尺來高的方柱形的黃紙袋中,置於適能插下方柱形的鐵架子上,少年的手就捧着那鐵架子. 這叫做"燒表". 說到"燒表",我們卽刻會聯想到光緒二十六年的某事,其實往妙峯山進香的人們的種種舉止都可以表示出他們與"光緒二十六年最先覺得帝國主義之壓迫的英雄們是一路的. 燒表時廟祝用兩枝竹箸,夾着表章,使灰燼落入空柱中,不往外傾,口中儘唸"虔誠!""虔誠!"不止. 到了將要燒霜星霜”地响着过来，这做叫“钱粮把”，里面放的是敬神的香烛以及纸糊的元宝等等。“钱粮把”的前面是一个壮健的少年捧着供物，这看各种香会性质的不同，例如“献花老会”则捧鲜花，“茶会”则捧茶叶，“馒首圣会”则捧馒首。后面跟着会众，数人数十人乃至数百人不等。“钱粮把”进门后就放在院子里，各人都拿出香——讲究的再加以烛——来燃着，便跪在神前磕头祈祷。少年跪捧表章，居主祭者的前列，由庙祝用火徐徐烧着。表章是刻版现买的，空格上填进供物，会众人数，及会首姓名，放在一个五尺来高的方柱形的黄纸袋中，置于适能插下方柱形的铁架子上，少年的手就捧着那铁架子。这叫做“烧表”。说到“烧表”，我们即刻会联想到光绪二十六年的某事，其实往妙峰山进香的人们的种种举止都可以表示出他们与“光绪二十六年最先觉得帝国主义之压迫”的英雄们是一路的。烧表时庙祝用两枝竹箸，夹着表章，使灰烬落入空柱中，不往外倾，口中尽念“虔诚！”“虔诚！”不止。到了将要烧完的时候，“虔诚！”的完的時候,"虔誠!"的聲浪忽然提高,下面跪着的會衆們,一聽得這提高的聲浪,便大家把腦袋兒齊往下磕。磕猶未了,必有年較長者,忽轉身向會衆起立,口中很念著幾句嘹亮的言語,例如

"諸位!在這裏的,除了我的老師,便是我的弟子,我特地磕一個頭,替你們祈福!"

說着就跪下大磕其頭。這種句語大抵是各各不同的,得由德高望重而又善於辭令的人自己去想,例如我另外聽得一個是與上述的大同小異,末後却加上一個問題,問會衆們"當此災禍連年的時候,我們這種人不見砲火,是誰的力量?"會衆們於是大嚷這是由於神的佑護。這種情境活像是在初行"啟發式教育"的國民學校的教室裏。答出這個問題以後,會衆進香的手續算是完了。——但須看來的是什麼會。倘是個少林會,那麼,進香完畢正是他們工作的開始,因爲還要在神前各獻他們的身手哩。倘是個音樂會,要演奏音樂;大鼓會,要演唱大鼓;梨園中人的什麼會,還要在神前演戲,不過角色是完全扮好

声浪忽然提高，下面跪着的会众们，一听得这提高的声浪，便大家把脑袋儿齐往下磕。磕犹未了，必有年较长者，忽转身向会众起立，口中很念着几句嘹亮的言语，例如“诸位！在这里的，除了我的老师，便是我的弟子，我特地磕一个头，替你们祈福！”说着就跪下大磕其头。这种句语大抵是各各不同的，得由德高望重而又善于辞令的人自已去想，例如我另外听得一个是与上述的大同小异，末后却加上一个问题，问会众们“当此灾祸连年的时候，我们这种人不是砲火，是谁的力量？”会众们于是大嚷这是由于神的佑护。这种情境活像是在初行“启发式教育”的国民学校的教室里。答出这个问题以后，会众进香的手续算是完了。——但须看来的是什么会。倘是个少林会，那么，进香完毕正是他们工作的开始，因为还要在神前各献他们的身手哩。倘是个音乐会，要演奏音乐；大鼓会，要演唱大鼓；梨园中人的什么会，还要在神前演戏，不过角色是完全扮好了来的，演完便各自卸妆回去。“星霜星霜”的“钱了來的,演完便各自卸妝回去."星霜星霜"的"錢糧把"也依然帶著.

## III.

## 香　　客

除了會衆以外,個人的香客的進香方法,就不是這樣了.我見有一個是三步一拜,一直從山下拜到山裏;又一個幾乎是一步一拜,看他樣子已經是非常疲乏了,但仍是前進不懈.我們猜測,這一定是自己或是父母——但決不是爲了妻子罷——大病全愈以後來還願的.無論茶棚子裏面怎樣高聲的喊着那——

"先參駕!——這邊落坐,喝粥喝茶!"

再加以"噹!"的一下磬聲,這樣簡單而動人的音調,他也決不反顧.可憐,滿眼看過來,對於這種呼聲,磬聲,這種來往的香客,四周的景物,取一種賞鑒或研究的態度的,實在只有我們五個人.是頡剛兄的主意,未動身以前,先勸我去了洋服,而且沿路一概隨俗;對於同時上粮把”也依然带着。

## Ⅲ.
## 香　客

除了会众以外，个人的香客的进香方法，就不是这样了。我见有一个是三步一拜，一直从山下拜到山里；又一个几乎是一步一拜，看他样子已经是非常疲乏了，但仍是前进不懈。我们猜测，这一定是自己或是父母——但决不是为了妻子罢——大病全愈以后来还愿的。无论茶棚子里面怎样高声的喊着那——

“先参驾！——这边落坐，喝粥喝茶！”

再加以“当！”的一下磬声，这样简单而动人的音调，他也决不反顾。可怜，满眼看过来，对于这种呼声，磬声，这种来往的香客，四周的景物，取一种鉴赏或研究的态度的，实在只有我们五个人。是颉刚兄的主意，未动身以前，先劝我去了洋服，而且沿路一概随俗：对于同时上去去的香客,見有互嚷"虔誠"的,我們於是也從而"虔誠"之;對於下來的香客,雖向我們嚷"虔誠"但見同行的人有答以"帶福還家"的,我們也從而"帶福還家"之.到廟門,是先買了香燭進去的;在廟中,是先燃了香燭規規矩矩的跪拜的;在廟中的客室住了兩宵,是完全以香客的資格受廟祝的招待的.我們以為必如此然後可以看見一點東西,否則只落得自己被他們看去,而我們所得的知識一定有限了.

三步一拜,五步一拜,乃至一步一拜的香客到底是不多的,正如全身穿了黃色衣服或紅色衣服的香客也是不多一樣,這種都是為着重大緣故而來的.其餘大多數的人,都像我們一樣的走上來,一樣的進廟門,一樣的跪拜,一樣的磕頭:我們既敢自信別人一定看不出我們是為觀風問俗而來,那麼我們也安敢自誇我們是知道別人懷着的是什麼心眼呢?我們只能說,在外表上看來,我們都是一樣的香客罷了.

照例,香是應該放在香爐裏的.但在香

的香客，见有互嚷“虔诚”的，我们于是也从而“虔诚”之；对于下来的香客，虽向我们嚷“虔诚”但见同行的人有答以“带福还家”的，我们也从而“带福还家”之。到庙门，是先买了香烛进去的；在庙中，是先燃了香烛规规矩矩的跪拜的；在庙中的客室住了两宵，是完全以香客的资格受庙祝的招待的。我们以为必如此然后可以看见一点东西，否则只落得自己被他们看去，而我们所得的知识一定有限了。

三步一拜，五步一拜，乃至一步一拜的香客到底是不多的，正如全身穿了黄色衣服或红色衣服的香客也是不多一样，这种都是为着重大缘故而来的。其余大多数的人，都像我们一样的走上来，一样的进庙门，一样的跪拜，一样的磕头：我们既敢自信别人一定看不出我们是为观风问俗而来，那么我们也安敢自夸我们是知道别人怀着的是什么心眼呢？我们只能说，在外表上看来，我们都是一样的香客罢了。

照例，香是应该放在香炉里的，但在香炉后

爐後五六尺遠,就有一堵照牆. 照牆與香爐的距離間,左右又加築兩道短牆,這樣三面短牆一面香爐恰成一個正方形了,這就是我們燒香的大香爐. 我們到的時候,香市漸寥落了,但這大香爐還有傾炸的危險,三面磚牆都用木柱子支撐着. 香客們決不能往香爐中插香的,只用整把的線香往大香爐中一扔,這就算是燒香了.

## IV.

## "帶福還家!"

娘娘廟的門外,擺着許多賣花的攤子. 花是插絨的,紙紮的,種種都有. 一出廟門,我們就會聽見

"先生,您買福嗎?"

這種聲音. "福"者"花"也,即使不是借用蝙蝠形的絲絨花的"蝠"字,這些地方硬要把"花"叫作"福"也是情理中可以有的. 對於所謂"福",我們在城裏的時候已有了猜想,以爲這一定是進香以後由廟中贈與香客

五六尺远，就有一堵照墙。照墙与香炉的距离间，左右又加筑两道短墙，这样三面短墙一面香炉恰成一个正方形了，这就是我们烧香的大香炉。我们到的时候，香市渐寥落了，但这大香炉还有倾炸的危险，三面砖墙都用木柱子支撑着。香客们决不能往香炉中插香的，只用整把的线香往大香炉中一扔，这就算是烧香了。

## Ⅳ.
## “带福还家！”

娘娘庙的门外，摆着许多卖花的摊子。花是括绒的，纸扎的，种种都有。一出庙门，我们就会听见“先生，您买福吗？”这种声音。“福”者“花”也，即使不是借用蝙蝠形的丝绒花的“蝠”字，这些地方硬要把“花”叫作“福”也是情理中可以有的。对于所谓“福”，我们在城里的时候已有了猜想，以为这一定是进香以后由庙中赠与香客的。如果真是这样，那够多么美妙呵！但是这种猜想到半的。如果眞是這樣，那够多麽美妙呵！但是這種猜想到半路已經證實是不然了。不過我們還想，這種花一定是出在妙峯山上的。如果眞是這樣，卽使是用錢買的，我們帶回來够多麽有意義啊！但後來一打聽，纔知道京中紮花鋪的夥計們先"帶福上山"然後使我們香客"帶福還家"的。經過如此一塲大"幻滅"之後，我們宜若可以不買花了，但我們依舊把絨花，紙花，蝙蝠形的花，老虎形的花戴了滿頭。胸前還掛着與其他香客一例的徽章，是一朵紅花，下繫一條紅綬，上書"朝頂進香代福還家"八字。"代"者"帶"也，北京人卽使是極識字的，也每喜歡以"代"代"帶"，其故至今未明，但"代"字可作"帶"字解，已經是根深蒂固，幾乎可在字典上加註一條了。

"帶福還家"也是一種口號，正如上山時互嚷"虔誠"一樣，下山時同路者便互嚷"帶福還家"。卽使是山路上坐著的乞丐們，也知道個中分別，上山時叫你"虔誠的老爺太太"，下山來便叫你"帶福還家的老爺太太"了。山路最普通者共有三條，每條都劃分幾路已经证实是不然了。不过我们还想，这种花一定是出在妙峰山上的。如果真是这样，即使是用钱买的，我们带回来够多么有意义啊！但后来一打听，才知道京中扎花铺的伙计们先“带福上山”然后使我们香客“带福还家”的。经过如此一场大“幻灭”之后，我们宜若可以不买花了，但我们依旧把绒花，纸花，蝙蝠形的花，老虎形的花戴了满头。胸前还挂着与其他香客一例的徽章，是一朵红花，下系一条红绶，上书“朝顶进香代福还家”八字。“代”者“带”也，北京人即使是极识字的，也每喜欢以“代”代“带”，其故至今未明，但“代”字可作“带”字解，已经是根深蒂固，几乎可在字典上加注一条了。

“带福还家”也是一种口号，正如上山时互嚷“虔诚”一样，下山时同路者便互嚷“带福还家”。即使是山路上坐着的乞丐们，也知道个中分别，上山时叫你“虔诚的老爷太太”，下山来便叫你“带福还家的老爷太太”了。山路最普通者共有三条，每条都划分几段短路，每段设有茶棚，并设有山顶段短路,每段設有茶棚,並設有山頂女神的行座,大抵原意是如有香客中途不能上山,在茶棚裏進香行禮,也就行了. 在這種茶棚裏,所用茶碗茶壺茶桌等都非常精緻堅實,鐫有某某茶會等字樣. 而且專請嗓子嘹亮的人在棚下呼喊并打磬,雖然如上面所說,語句非常簡單,但他們却津津有味像唱歌般的呼喊著,上山時"先參駕! 這邊落坐,喝粥喝茶!" 下山則也嚷"帶福還家". 他們在城市中打拱作揖拘拘得一年了,到這裏藉著神的佑護呼喊個痛快.

## V

## 餘　　論

妙峯山香市是代表北京一帶的眞的民衆宗教. 我們的目的是研究與賞鑒,民衆們是眞的信仰. "有求必應"通例是用匾額的,他門却寫在黃紙單片上沿路貼着,這可證明香客太多,廟中已經放不下匾額了,也可證明物質生活尙够不上買一塊匾額的人也執迷女神的行座，大抵原意是如有香客中途不能上山，在茶棚里进香行礼也就行了。在这种茶棚里，所用茶碗茶壶茶桌等都非常精致坚实，镌有某某茶会等字样。而且专请嗓子嘹亮的人在棚下呼喊并打磬，虽然如上面所说，语句非常简单，但他们却津津有味像唱歌般的呼喊着，上山时“先参驾！这边落坐，喝粥喝茶！”下山则也嚷“带福还家”。他们在城市中打拱作揖拘拘得一年了，到这里借着神的佑护呼喊个痛快。

## V.
## 余　论

妙峰山香市是代表北京一带的真的民众宗教。我们的目的是研究与赏鉴，民众们是真的信仰。“有求必应”通例是用匾额的，他们却写在黄纸单片上沿路贴着，这可证明香客太多，庙中已经放不下匾额了，也可证明物质生活尚够不上买一块匾额的人也执迷了神的伟大的力而不得不想出一个“有求必了神的偉大的力而不得不想出一個"有求必應"之活用的方法了.

論到物質生活,低得眞是可驚. 據說連饅首燒餅等至極簡單之物,也得由北京運去;本地人吃窩窩頭自不消說,但他們的窩窩頭據說也不及北京做得好. 食品以外,我再舉一件三家店渡河的用具,也可藉以想見京西北一帶物質生活之古樸低陋了. 河並不寬,造橋是不難的,却用渡船. 水上先駕一條鐵索,高離水面約五尺許,兩岸用木作架支之,索端則用大石塊壓於地上. 河中是一隻長方形的渡船,一端向下游,一端向上游. 上游一端,有立柱一,與河上鐵索相交,成十字形,使船被鐵索扣住,不能隨河水順流而下. 渡河的人們,就乘着這橫走的渡船來往. 這是說沒有橋的地方. 有橋的地方呢,先用桃木編成圓筒,當中滿盛鵝卵石,將這種一筒一筒的鵝卵石放在中流,上[illegible]跳板,便成了原始的橋了. 總之,這些地方的用具幾乎無一不是原始的,我所以說這種旅行最容易令人想起祖宗門的艱難困苦了.

应”之活用的方法了。

论到物质生活，低得真是可惊。据说连馒首烧饼等至极简单之物，也得由北京运去；本地人吃窝窝头自不消说，但他们的窝窝头据说也不及北京做得好。食品以外，我再举一件三家店渡河的用具，也可藉以想见京西北一带物质生活之古朴低陋了。河并不宽，造桥是不难的，却用渡船。水上先驾一条铁索，高离水面约五尺许，两岸用木作架支之，索端则用大石块压于地上。河中是一只长方形的渡船，一端向下游，一端向上游。上游一端，有立柱一，与河上铁索相交，成十字形，使船被铁索扣住，不能随河水顺流而下。渡河的人们，就乘着这横走的渡船来往。这是说没有桥的地方。有桥的地方呢，先用桃木编成圆筒，当中满盛鹅卵石，将这种一筒一筒的鹅卵石放在中流，上搁跳板，便成了原始的桥了。总之，这些地方的用具几乎无一不是原始的，我所以说这种旅行最容易令人想起祖宗门的艰难困苦了。

但是靠了神的名义，他们也做了许多满我们之但是靠了神的名義,他們也做了許多滿我們之意的事. 山上修路,點燈,設茶棚等等不說了;就在山下,我們也遇見一件"還願毀隴"的新聞. 將到山脚的地方,車夫不走原有的小路了,却竄入人家的田隴,隴上的麥已經被人踏到半死的. 我問爲什麽,車夫說這是田主許願,將路旁麥田毀去幾隴,任香客們踐蹈,所以叫做"還願毀隴". 這是偉大的. 此外如山中溪水旁竟寫有"此水燒茶,不准洗手臉"字樣,簡直連都市中的文明社會見之也有愧色了.

我對於香客的缺少知識覺得不滿意,對於鄉間物質生活的低陋也覺得不滿意,但我對於許多人主張的將舊風俗一掃而空的辦法也覺得不滿意. 如果妙峯山的天仙娘娘眞有靈,我所求于她的只有一事,就是要人人都有豐富的物質生活,也都有豐富的知識生活與道德生活,——換句話說就是决不會迷信天仙娘娘是能降給我們禍福的了,——但我們依舊保存妙峯山進香的風俗.

(一九二五年五月.)

意的事。山上修路，点灯，设茶棚等等不说了；就在山下，我们也遇见一件“还愿毁陇”的新闻。将到山脚的地方，车夫不走原有的小路了，却窜入人家的田陇，陇上的麦已经被人蹈到半死的。我问为什么，车夫说这是田主许愿，将路旁麦田毁去几陇，任香客们践蹈，所以叫做“还愿毁陇”。这是伟大的。此外如山中溪水旁竟写有“此水烧茶，不准洗手脸”字样，简直连都市中的文明社会见之也有愧色了。

我对于香客的缺少知识觉得不满意，对于乡间物质生活的低陋也觉得不满意，但我对于许多人主张的将旧风俗一扫而空的办法也觉得不满意。如果妙峰山的天仙娘娘真有灵，我所求于她的只有一事，就是要人人都有丰富的物质生活，也都有丰富的知识生活与道德生活，——换句话说就是决不会迷信天仙娘娘是能降给我们祸福的了，——但我们依旧保存妙峰山进香的风俗。

一九二五年五月

# 孙伏园生平

孙伏园（1894—1966），原名福源，字养泉，笔名伏庐、柏生、桐柏、松年等。浙江绍兴人。现代散文作家、著名副刊编辑，在新闻史学界有“副刊大王”之称。

1894 年，生于浙江绍兴。

1918 年，与其弟孙福熙到北京大学旁听，1919 年转为正式生，加入新潮社。

1919 年，任北京《国民公报》副刊编辑，后转入《晨报》当记者。

1921 年 1 月，与茅盾、郑振铎等人共同发起著名文学团体——文学研究会。

1921 年，北京大学毕业后正式进入《晨报》任副刊编辑。在主持《晨报》副刊期间，鲁迅名作

《阿Q正传》在该报首次连续发表，以及冰心的《寄小读者》等。

1924年10月，从《晨报》辞职。

1924年11月，与鲁迅等人成立语丝社。

1924年12月，接受邵飘萍邀请，主编《京报》副刊。

1925年4月，《京报》被查封后，与其弟孙福熙南下到广州中山大学任教。

1926年，应厦门大学文学院院长林语堂之邀，出任国学院编辑部干事。

1926年冬，任《国民日报》副刊编辑，兼任中山大学史学系主任。

1927年3月，主编汉口《中央日报》副刊，发表过毛泽东的《湖南农民运动考察报告》、郭沫若的《脱离蒋介石以后》等。

1928年，创办并主编《当代》杂志。

1929年，与其弟孙福熙共赴法国留学。

1931年，出任河北定县中华平民教育促进会文学部主任，推动平民文学教育，主编《农民报》，参与主编《民间》杂志。

1936 年 10 月，鲁迅先生逝世，撰写挽联：

踏莽原，刈野草，热风奔流，一生呐喊；

痛毁灭，叹而已，十月噩耗，万众彷徨。

1937 年，任湖南衡山实验县县长。

1941 年初，接受重庆《中央日报》社社长陈博生约请，主编《中央副刊》，因刊发郭沫若的历史剧《屈原》被解聘。

1945 年，抗战胜利后，先后在成都华西大学文学院、齐鲁大学、四川大学中文系任教。

1949 年，任成都《新民报》主笔兼副刊主编。

1949 年 7 月，到北京参加第一次全国文代会，被选为全国文联委员。

1949 年，担任出版署版本图书馆馆长。

1954 年冬，因脑出血导致偏瘫。

1966 年 1 月 2 日，于北京病逝，享年 72 岁。

# 编者的话

《伏园游记》是孙伏园先生的代表作之一，1926年10月由北新书局出版，晨服社印行，1927年再版，共印6000册。

《伏园游记》原版封面书名由蔡元培先生题签，并盖有朱文小印，下有“伏园像”，是《北京乎！》的作者孙福熙，也就是孙伏园的弟弟所作。哥哥出书，弟弟画封，可谓珠联璧合。

新版《伏园游记》，编者沿用原版蔡元培先生题签书名和孙福熙先生所作“伏园像”，作为一名编辑，我们谨以此书的出版向前辈致敬，向经典致敬！

新版《伏园游记》，将1927年的原书影印版与现代校订版同时呈现给读者，单页展现为现代校订版文字，双页展现为原著影印版文字，由于年代久远，影印版有个别页面模糊不清，识别较为困难，编者尽可能还原原著文字，采用两版文字对照阅读的形式，与读者一起阅读，领略、感悟孙伏园先生作品的魅力。

由于孙伏园先生所处的年代与文化背景，与我们的现代文化还是有些许差异的。为保留原著特色，尊重作者写作习惯和遣词风格，尊重语言文字传统的发展变化规律，为读者提供一个原汁原味的版本，编者本着忠实原著、整旧如旧的编辑原则，对当时使用的专有名词、民国时期的语言和特色予以保留，对于经典作品不再进行现代汉语的规范化处理，仅对部分生僻、晦涩的字词，在文中第一次出现时，采用脚注的形式加以注释。对于原著中的个别错讹脱衍之处，在不损害原著语义的情况下，做必要的规范修订。原著注释如旧，编者注释均以脚注标明，以示区别于原著。提请读者特别注意。

如有编校讹误、遗漏，或者不妥之处，恳请广大读者谅解。

编者

2018 年 10 月于北京

伏園遊記一冊

實價四角

一九二七年十月初版　1—3000

一九二七年八月二版　3001—6000

北京東皇城根23
上海四馬路中市　北新書局發行

（编者注：实为一九二六年十月初版）